講談社文庫

# 奏者水滸伝　阿羅漢集結

今野 敏



講談社

# 目次

# 奏《そう》者《しや》水《すい》滸《こ》伝《でん》

# 阿《あ》羅《ら》漢《かん》集《しゆう》結《けつ》

# 聖者往生《せいじやおうじよう》――イントロダクション

## 1

摩天楼が、低く垂れた黒雲を貫くような形で乱立している。

じっとりとした熱気が、薄汚れた街並や、店の看板を包み込んで、通行人たちは誰もが首を垂れて歩いているようだった。皆、着ている物を汗でぐしょぐしょに濡らしている。

七月のニューヨークの空は、今にも泣き出しそうに暗かった。

マンハッタンの街路という街路には、破れたビラやプラカードの破片が散乱し、暑さに押しつぶされたような重苦しい殺気が満ちていた。

一九六〇年代も終わりに近づいている。黒人たちによるデモや集会が、暴動に近い様相を呈してきていた。

マンハッタンは、不気味な沈黙に包まれていた。

そのニューヨークで、一人のジャズマンが臨終の床に就いていた。

ジャズの世界で「偉大な《グレイト》」という形容をされるのは、本当に偉大な場合に限られている。単に名プレイヤーであるだけでなく、その個性でジャズ界を揺さ振り、世界のミュージックシーンに影響を与えたプレイヤーだけが得られる称号なのだ。

彼は、偉大なプレイヤーであり、偉大な一個の人格《パーソナリティ》だった。勿論、黒人で、演奏する楽器はテナーサックスとソプラノサックスだが、モダンジャズグループにソプラノサックスを持ち込んだ最初のプレイヤーが彼だった。以来、彼の影響を受けた後世のジャズグループの演奏に、ソプラノサックスは不可欠の楽器となってゆくのだ。

ベッドの脇には、ピアニストである彼の妻と、彼のコンボのメンバーたち、ドラマー、ピアニスト、ベーシストが寄りそい、じっと彼の寝顔を見つめていた。

白とライトブルーに塗り分けられた病室の壁がその沈黙を支えている。

病室の中には、点滴の音だけが規則正しく響くだけで、誰一人咳ばらいをする者もいない。

肩幅が広く逞しい体つきをしたピアニストは、目を上げて窓の外を見た。

ピアニストは、ベッドに横たわるサックスプレイヤーとの演奏を想い出しているのだった。

彼は下積み時代から並外れたサックスプレイヤーだった。その暴力的とまで言える激しいサウンドは、若い頃にはただの荒々しさだけが耳につき、多くの批評家からは非難され、大部分の聴衆からはそっぽを向かれるという有様だった。しかし、彼は同時代の誰よりもはるかに遠くの未来を見つめ、たったひとりの闘いを続けていたのだ。

多くのグループを経て、彼は和声から自分のジャズを解放し、モード奏法を確立した。さらに、その音楽活動は、無調音楽に向かって行くように見えた。

ピアニストは空想の中でステージに立っていた。指は、ピアノの鍵盤の上を全力疾走している。

普通のピアニストなら左手はパターンを弾くだけなのだが、彼は左利きで、右手と同時に左手でもアドリブのソロを取り続けるのだ。

彼の精神のスピード感覚はフル回転を始めていて、肉体のスピードが徐々にそれに迫りつつあった。指が半ば無意識に躍動し始める。

ドラマーもそうらしい。彼は、うつろな目で宙を眺め放心したような顔をしているが、その四肢は超スピードで回転し、トップシンバル、サイドシンバル、二つのタムタム、スネア、フロアタム、バスドラム、ハイハットと、すべての音を駆使して、複雑なリズムを猛烈な速度で打ち出している。

ベーシストも、深く陶酔の世界へと飛び込んで行ったようだ。

ドラマーとピアニストのスピード感覚がしだいに一致してゆく。二人は、その一点を目指し、自分の最大限の音を叩き出していた。

その頂点で、何の予告もなく、突然サックスが飛び込んで来た。

ほとんど音の切れ目が判らないくらいに疾《はや》く、強力な音が、ソプラノサックスから放射された。

叩きつけるようでいて、しかも深みのある音だ。

評論家の中にはその音を神の啓示だ、とまで言い出す者がいた。

指を、走るがままに任せておいて、ピアニストは後頭部がしびれるような感動にひたっていた。

「酸素《オキシジエン》マスク」

冷たい医師の声で、ピアニストは我に返った。目の前では、看護婦が、サックス奏者の口許《くちもと》に酸素マスクをあてがうところだった。

「彼は癌《キャンサー》ごときに負ける男ではない筈だ」

ベーシストは、敬虔なクリスチャンらしく必死に祈っていた。

「神よ。まだ早過ぎる。我々から彼を取り上げておしまいになるのは、まだ早過ぎる」

彼の病名は肝臓癌だった。しかし、実際はそれだけではない。精神の激しさに肉体がついていけなかったのだ。

肉体の限界に挑み続け、常識を超えたプレイを続けてきた結果が、この現実を招いてしまっていた。

「神よ、あと十年……いや五年でいい、彼を我々の許にお置き下さい。あと、もう少しでいいからお待ち下さい」

長身のベーシストは、両手の指を組み、それを固く握り締めて、空しい祈りを続けていた。

「聖者《セイント》が神の御許《みもと》に帰ろうとしているだけさ。ただ、それだけなんだ」

ドラマーは、何度も心の中でそう呟いていた。

このサックス奏者は、晩年、自分から聖者《セイント》を名乗っていた。生きながら、聖者になったことを宣言したのだ。

彼の演奏を聴いたことのある者ならば、その言葉を疑いはしなかっただろう。彼の晩年の演奏は、本当に彼が聖域に達していると思わせるのに十分なものだった。

「聖者が去ってゆく……」

ドラマーは、裏切られた者が見せるような悲しげな眼をしていた。

しかし、このサックス奏者が本当に名乗りたかったのは「聖者《セイント》」ではなかった。

確かにそれにごく近いものだったが、彼が本当に到達したかった存在は、聖者という名では表現し切れないものだった。

彼が本当に求めていた称号は、彼と地理的、文化的にあまりに遠い所で生まれ、受け継がれ、そして現代文明の陰に隠されてしまっていたため、ついに彼はその呼び名すら知ることができなかったのだ。

「先生《ドクター》、脈が……」

看護婦がささやくように、しかも緊張した声で言った。ベッドの脇に立ち尽くしていた四人は、一斉に横たわる聖者の顔をのぞき込み、次に、医師の顔を見た。

「カンフル」

医師は、眉間《みけん》にしわを寄せて看護婦に命ずると、何の反応も示さぬ太い腕に注射器の針をすべり込ませた。

四人の付添人たちは、じっと『偉大なジャズマン』の顔を見つめている。

「脈搏、戻りました」

部屋中が小さく息をついた。先程から何時間も、そうして彼は生死の間をさまよっているのだ。

遠くで雷鳴がした。重たそうな雲は、さらにその厚みを増していった。窓の外はどんどん暗くなってきている。

にわかに、本当に唐突に、ベッドのサックス奏者が目を開いた。

昼間のまどろみから覚めたように、その意識には一点の曇りもないように見えた。

「奥さん」

医師は、静かに場所を譲り、彼の妻を枕元に呼び寄せた。

残りの四人も、じっと彼の目を見つめた。

「あなた《ダーリン》、聞こえる。あたしよ」

彼の妻は必死に訴えかけた。しかし、彼の耳には、何も届いていないようだった。

彼はもうこの世の何も聞いていないように見えた。彼がその時聞いていたのは、我々とは全く別の世界から届く言葉だったのかもしれない。

突然、彼の表情に変化が起こった。見ていた者たちは、その変化が何を意味するのか咄嗟《とっさ》には判断できなかった。それほど意外な表情だったのだ。

それは微笑だった。

そして、次にその唇がかすかに動いた。

「終わった《ザッツオールフィニッシュ》」

病室に居る人間のすべての目と耳が、彼の口許に集中していた。

「私の役割は、ここまでだ」

三人のグループメンバーたちは、その言葉の意味をおのおの完全に理解しようとした。

その後、しばし沈黙した彼は、次の瞬間、さらに目を見開き、にっこりと表情をほころばせた。この世で最高の幸福を味わっている笑顔だった。彼は、明瞭な声で、力強く言った。

「意志のあるところに道はある」

“Where there is the will, there is a way.”

それは、誰もが有名な諺《ことわざ》であることを知っていた。英語を話す者なら、誰でも知っている言葉だった。彼らしい言葉だと、誰もが思った。

その時、一瞬世界が青白い閃光に包まれ、次の瞬間、すさまじい轟音《ごうおん》が天地を揺らした。

落雷だった。

窓の外は、滝のような雨が降り出した。

「先生《ドクター》」

看護婦が脈拇や血圧を示すオシログラフを見て悲鳴のような声を上げた。

医師は、慌てて、脈を取り、それから静かに彼の瞳孔をのぞき込んだ。ゆっくりと、両手でその両目を閉じてやると、医師は力無く言った。

「残念です。奥さん」

それを聞いた彼女は、一瞬その言葉の意味を理解しかねて、放心したように立ち尽くしていたが、次の瞬間に、どっと泣き崩れた。

「神よ《マイゴッド》」

ベーシストが怨みを込めた声で叫んだ。ピアニストは、涙を抑えようともせずに、『偉大な聖者』の妻の肩を抱いていた。ドラマーは壁を叩いて号泣していた。

医師と看護婦は、無言で病室を出て行った。

ニューヨークの街はびしょびしょに濡れていた。今、神の許《もと》へ帰って行ったサックスプレイヤーが愛した、セントラルパークも慟哭《どうこく》しているようだった。

雨はヒステリックにすべてを叩き、絶え間なく雷鳴がとどろいた。

その雷雨の中で、先程の落雷に触発されたように、黒人たちによる暴動が勃発した。彼らは異常に興奮していた。理由もなく、彼らは憑《つ》かれたように暴れ回った。得体の知れない怒りと、やるせない悲しみが、彼らの胸の中を支配しているのだった。

知る由もない『偉大なジャズマン』の死を、彼らは察知してしまったようだった。

病室の中では、四人が深い悲しみに打ちひしがれながら、彼の最期《さいご》の言葉を思い遣《や》っていた。

「意志のあるところに道はある」

彼の最期にふさわしい言葉だと四人は思った。誰もが、そう言うに違いない。

だが、誰も気付かない事実があった。

彼は、“a will”ではなく、はっきりと“the will”と言ったのだ。ただの諺ではなかった。彼は、明らかに、特定のある「意志」のことを言ったのだった。

特定の「意志」とは何なのか、それを彼の口から聞き出すのは、もう不可能だった。

ニューヨークの街には黒人たちの怒りと悲しみが渦を巻いていた。

## 2

同じ頃、まさに全くそれと同じ頃、東京でも落雷があった。

時刻は、日本時間で夜の七時を少しばかり回った頃だった。

国電の渋谷と原宿間の線路ぞいの立木に落雷し、飛んだ木の破片が電車の架線を切るという事故が起こっていた。

その強烈な閃光と雷鳴は、東京中に響き渡った。新宿から、発車しようとしていた内回りの山手線の中で、居眠りをしていた男が、その音で目を覚ました。

年齢は七十歳前後だろうか、髪も鬚も真白で、その髪が肩のあたりまで垂れている。

足にはわらじをはき、色あせて土色になった墨染めの衣を身にまとっている。持ち物は、木の柄《え》の先に鉄の輪を付けた、長さ一五〇センチあまりの錫杖《しゃくじょう》が一本だけだ。

錫を持っているから、かろうじて僧侶か修験者《しゅげんじゃ》に見えるのであって、それがなければ、全くの浮浪者の姿だった。

彼は、たった今山から降りて来た仙人のようだった。いや、それよりも、時間をすっぽりとくぐり抜けて、遠い過去の時代からやって来たようだと言ったほうがいいかもしれない。

仙人と呼ぶにはどこか生臭い感じがするが、その五体は、信じられないくらいに壮健そうで、腰も背中も曲がってはいなかった。何よりも、その眼光は異様に鋭く、しかも、不思議な包容力をも同時に持ち合わせていた。

新宿駅のホームに、架線事故のアナウンスが入り、乗客達は駅員に復旧の見込みを尋ねに行ったり、他の交通機関に乗り替えに歩き出したりと、あわただしく移動を始めた。

その中で、その老人は、かっと目を見開いて座席に腰掛けていた。

彼はうとうとと眠りながら夢を見ていたのだ。

大きな一つの光の玉が天へ登ってゆき、真暗な空から四つの光る玉が地上へ降って来る。そんな夢だった。そして、あの落雷。

あわただしく人々が行き交う中で、じっと腕を組んでいたこの老人はぽつりとつぶやいた。

「動いたな」

彼は、車窓から暗い空に目を遣った。何かを、しきりにまさぐる目つきだった。

その呟きを他人が聞き留めたとしても、何のことか、さっぱり判らなかったに違いない。

「また旅が始まるのオ」

彼は再び呟いた。その表情は、なぜか、いかにも嬉しそうだった。

# 鬼才布告《きさいふこく》

## 1

「すごい人気だな」

ジャズ評論家、天野《あまの》はドイツのケルン市内で開催されたジャズのコンサート会場を一目見るなり、驚きの声を上げた。

「ベルリンフィルでもこうはいくまい」

天野の隣に居たドイツ人が、英語でそう言った。茶色い鬚に青い眼のこの男は、天野がケルンに居る間の通訳兼ガイドをやってくれるカメラマンだった。

「噂には聞いていたが、これ程の人気とはな……」

天野は英語でカメラマンに言った。

「ほう。何でも情報だけは早い日本なのにケセル・ギャラリーの人気はまだまだのようだな」

カメラマンは、ウインクをしながらいたずらっぽくそう言った。

「だから、こうして俺が取材に来たんじゃないか」

天野は、そう言ってふくれて見せた。

「勿論、日本のジャズファンの間でも、あのレコードは話題になっているよ」

「当然だろう」

ドイツ人のカメラマンが頷《うなず》いた。

2

『あのレコード』というのは、若いピアニスト、ケセル・ギャラリーが、『ジャズ界の聖者』であるサックスプレイヤーの死から数年後に、ニューヨークのあるクラブで録音したライブレコードのことだ。

オーディオマニアが聴いたら眉をしかめそうな、それは粗末な録音テープからカットされたレコードだった。

『聖者』の死後、ジャズ界は混迷の時代を迎えていた。

すべてのミュージシャンたちが、偏執狂のように録音に気を遣い、電子音を使用することに安直な喜びを感じつつある時代だった。

そんなミュージックシーンの中で、アコースティックピアノを中心としたトリオで、2《ツー》チャンネルのテープを回しただけというまるでひどい録音で作られたこのレコードは、それだけで特異といってよかった。

しかし、そこで繰り広げられた演奏は、ジャズの新しい時代を予感させるに十分なものだった。

「ジャズのピアノトリオでボブ・ディランの曲が聴けるなんて、あのレコードが出るまで、誰も考えなかったことだ」

天野は、会場の席に着きながらカメラマンに言った。

「全くだ。そして、彼の感性は、このピアノソロのコンサートで百パーセント生かされている。君も、このソロを聴けばそれを納得できるだろう」

「聞くところによると、彼のピアノソロには、事前に何の準備もされてないそうだな」

天野はカメラマンに尋ねた。

「ああ。楽譜はおろか、曲すら用意されていない。すべて、ケセル・ギャラリーがステージに立って、ピアノに向かってから始まるんだ」

「最初から最後まで即興《インプロビゼイション》という訳か。フリージャズにはよくあることだが……」

「いや、フリーとは全く異っている。彼は、リリックなメロディをとても重要視している。まあ一度聴いてみればすべてがわかる。ジャンルを越えた素晴らしい音楽だよ。この客の入りが証拠だ」

「なるほどね。信じられない気もするが……。手法としては、モードの展開をしていくのかな」

「テクニック的に言うと、モードに近いな。だが、そんなことは聴いてるうちにどうでもよくなっちまう」

「なるほどね」

天野は、久しぶりに興奮してコンサートの幕開きを待っていた。

ケルンへやって来る前に、天野は一応ケセル・ギャラリーの予備知識は仕入れてあった。

このピアニストは、いったいどんな血を持っているのか誰も知らなかった。

初めて彼のソロアルバムを聴いた人々は、そのスウィング感あふれるメロディの解釈と、素直な感情移入、ゴスペル調の力強さともの悲しいまでの美しさに、まず誰もが黒人だと思った。

少なくとも、多少は黒人の血を引いていなければならないと感じたのだ。しかし、彼の肌は、その予想を覆して白かった。ただ、その髪と瞳だけがダークブラウンだった。

哀愁を込めたメロディラインやアメリカ民謡を思わせる曲調から、インディオの血が流れているに違いないと言う者もいたし、アメリカ・インディアンの末裔だと言う者もいた。

とにかく、本人は自分の生まれに関することには触れようとしなかった。

彼の真価は、アメリカ国内よりまず先に、ヨーロッパで認められた。

ケセル・ギャラリーはヨーロッパに上陸し、ピアノソロコンサートを各地で開催し、一挙にヨーロッパ中のジャズファンを魅了していった。

彼は、今、二度目のヨーロッパツアーの途中だった。

3

「出て来たぞ。彼がケセル・ギャラリーだ」

ドイツ人カメラマンが天野に素早く耳打ちした。

幕を上げたままのステージにピアノが一台置かれていて、それにサスペンションが当たっている。ただそれだけの全く飾り気のない舞台だ。

そのステージの下手から、スポットに照らされて、一人の若者が歩み出た。

広い会場を埋め尽くした聴衆は、ケセルの登場を、クラシックの伝統の深さを感じさせる柔らかな拍手で迎えた。

ケセルは、アフロヘアーを軽く下げて挨拶をする。色あせたジーパンに、緑のTシャツ、スニーカーという出立ちだ。

ピアノは、スタインウエイのフルコンサートだ。その堂々たるピアノの前に、ジーパンの彼が立つと、楽器に威圧されているようにすら見える。

椅子に着いた彼は、そこで目を閉じて、しばらく瞑想を始める。天野は固唾《かたず》をのんでその姿を見守った。会場中のすべての客も同様だった。

静かに目を開いたケセルは、右手の親指で最初の一音を発する。そして、ゆっくりとひとつのメロディを奏でた。左手がそれを追って、低音域で伴奏を始める。

最初に現れたメロディが、何度か再現され、それがはっきりとしたテーマとなって提示される。あとはもうケセルの魔法の指がそれを自由自在に料理してゆくのだ。

ある時はフーガとなり、ある時はゴスペルタッチとなり、ケセルの音宇宙は、どんどんと展開してゆく。

左手は、同じパターンを打ち出し始めた。力強いアルペジオだ。右手はそれに乗って、新たに次々と美しいメロディを作り出してゆく。

ケセルは自ら作り出す曲に没入していき、腰を浮かせ、のけぞり、うめき声を上げる。肘を脇腹にこすりつけるようにして身をよじり、膝を深く曲げ、そして、それを左手のパッセージに合わせて、また伸ばしてゆく。

汗がしたたり始めたその顔は、完全に恍惚の表情だ。

先程まで、威圧的に突っ立っていたスタインウエイは、ケセルの指に完全に操られ、力の限りの歌声を上げる。

ケセルはピアノを身体の一部にしてしまっていた。

嵐のようなパッセージの攻撃から、一変して、静かなアルペジオに移り、やがて、ユニゾンでメロディを示しておいて、次第に両手の動きが止まってゆく。

鍵盤に頭を伏せるようにして、右手の人差し指で、初めに発したのと同じ一音を静かに叩いた。

演奏の終わりだ。

一瞬の静寂のあと、しなやかでしかも力強い拍手が湧き起こる。聴衆は、拍手や喚声と同時に深い溜息をもらしていた。

「すごい。実際にこの目で見るまで信じられなかったが、彼は本当に天才だ」

天野は思わず日本語で言った。

「俺が生きている間に、こんなピアニストの演奏を聴けたなんて、神に感謝しなくちゃならんな」

顔を紅潮させて、カメラマンが英語で言った。

「今の演奏は三十分近くあったな」

天野が言った。

「彼の演奏はいつもそうだ。長時間にわたって即興演奏を続けるあの精神力は、人間のものとは思えない」

「確かにモードの展開を取り入れてるな」

「そうだろう。しかし、モードを採用したこれまでのジャズマンは、理論に主眼を置き過ぎていた。難解なジャズに走り過ぎていたんだ」

「そして、行き着く処まで行って、ある者は無調音楽の方向へ行き、ある者はエレクトロニクスに救いを求めたという訳だな」

「しかし、彼は——ケセルは全く違う捉え方をしたんだ。彼は、まず自分の感性を最も重視して、それに必要なテクニックや理論を採用していったという訳だよ」

「なるほど。ジャズの本来の道を、ある意味で取り戻したと言えそうだな」

天野は頷いて言った。

「もっとも、こんなものはジャズではないという言い方をするジャズファンもいることはいる」

「そうだろうな。ファンキーやバップのファンには、あまりに叙情的過ぎるかもしれない。ちょっと上品過ぎて聴こえるだろうな」

「だが、今の俺にとってはジャズだろうが、クラシックだろうが、どうでもいいことだ。ケセル・ギャラリーのピアノは、文句なく素晴らしい。これだけで十分だ」

ドイツ人カメラマンはウインクして言った。

「俺は、ジャズ評論家という商売柄、そうも言ってられないけどね」

天野は、肩をすくめて言った。

休憩をはさんで、後半の演奏が始まった。

後半のステージは、のっけから疾《はや》く激しい指運びだ。ブルーノートが平気でどんどん飛び出して来る。低音域を中心としたリズミックな演奏だった。

そのままの圧倒的な力強さが、延々と続き、鍵盤を殴りつけるような和音で、後半のステージがしめくくられた。

映画音楽に使ってもおかしくないほど叙情的なメロディをアンコールで演奏してから彼はステージを降りたが、再度のアンコールを求める拍手がいつまでも鳴り止もうとしなかった。

演奏後の控室には、西ドイツの各地の新聞記者や音楽誌の記者、ラジオのインタビュアーらが殺到していた。

「今夜は許してください」

マネージャーが必死で記者たちを制している。

「一言でいいから聞かせてくれ」

「写真を一枚撮るだけだ。たのむよ」

記者たちも、何とかインタビューを取ろうと必死だった。しかし、マネージャーは、ドアの前に立ちふさがって動かない。

「御存知の通り、ケセルの演奏はすべて即興で行なわれます。極度な精神的疲労が伴うのです。お察しください」

マネージャーはそう訴えたが、そう言われても報道陣たちは立ち去る訳にはいかない。

天野とドイツ人カメラマンの二人も、その中に混じって英語でわめいていた。

「私は、明日《あす》、日本に帰国しなければならない。たのむから、一言だけ日本の音楽雑誌にコメントをくれ」

当然、その声は多くの声の中に紛れてしまっていた。

「記者会見は、後日、改めて行ないますから……」

マネージャーは、癇癪《かんしゃく》を起こしかけていた。

その時、部屋の中から静かな声がマネージャーの名を呼んだ。

ケセルのマネージャーは、十センチばかりドアを開け、その声の主と短いやり取りを始めた。その声はケセル・ギャラリーのものだった。

やがて、ドアは再び閉じられ、マネージャーは報道陣に向かって言った。

「日本からおいでの方、いらっしゃいますか」

一瞬、記者たちは静かになり、次にどよめいた。その後ろの方で、天野が高々と手を差し上げた。

「私です」

マネージャーは、天野を睨み付けると、静かに言った。

「お入りください。ケセルがお会いしたいと申しております」

唖然とした顔をして天野はドアへ進み出た。

他の記者は不思議そうな顔をして彼を見ていたが、天野がドアの中へ消えると、また口々に騒ぎ始めた。

「なぜ日本人だけ入れるんだ。我々も入れてくれ」

「明日までに記事が欲しいのは、我々だって同じことだ」

その剣幕を見てドイツ人カメラマンは小さくなっていた。天野の連れであることが皆に知れたら、ただでは済まない。

マネージャーは、もうだんまりを決め込んでいた。ただでさえ、おさまりがつかぬ状況なのに、特別に日本人だけに会ったりしたらどうしようもなくなることは目に見えていたのだ。マネージャーは、心の中でケセルに対して怨み事を言っていた。

「時々、彼のやることは訳が判らなくなってくる。我々とは全く異なった目的のために動いている人間のように見えてくるのだ。そう、例えば宇宙人のようにな」

部屋に通された天野は、なぜ自分だけが特別に会見を許されたのか、全く判らずに、ぽかんとした顔でドアのそばに突っ立っていた。

「どうぞ、こちらへ」

物静かな声に促されて、天野はぎくしゃくと椅子へ近づいた。

椅子といっても、楽屋というイメージからほど遠い、いかにも坐り心地のよさそうなソファだ。

足許は厚いじゅうたんが敷かれ、マホガニーのテーブルが置かれている。壁には、ちゃんと絵が掛けてあった。

ケセルは、汗まみれのジーンズとTシャツを脱ぎ、白い木綿の揃いの上下を身に着けていた。黄色いタオルを首から下げて、柔和に微笑している。格調高い部屋の雰囲気のせいもあるのだろうが、天野の目にはそんな彼が貴公子と呼んでもおかしくないほど上品に見えた。

「どうぞ、お掛け下さい」

そう言われ、天野はソファに腰を降ろした。彗星のようにジャズシーンに現れたこの天才的なジャズピアニストと初めて口をきく日本人が彼なのだ。天野は当然のことながらこちこちに緊張していた。

「初めまして、ケセル・ギャラリーです」

彼は手を差し出した。

「天野と申します」

天野は、努めて落ち着くよう自分に言いきかせつつ、その手を握り返した。

「あなたは、ジャーナリストですか。どうも、そのようにはお見受けできませんが」

「私は、日本のジャズ評論家です。日本のジャズの雑誌に、是非、あなたのコメントをいただきたくて……」

ケセルは、満足げにゆっくりと頷くと、包み込むような静かな声で言った。

「私の方からも、是非日本の方々にお話ししたいことがあります」

「はあ……」

天野は、曖昧に返事をした。

「それでは、カメラマンも同席させていただけますか」

「御自由に」

天野は、ドアを開けて外の様子を窺ってから、カメラマンを呼び寄せた。ドアの外はようやく静かになったところだった。

「よろしいですか」

ケセルが二人を交互に眺めて言った。天野とドイツ人カメラマンは席に着いた。

「まず、今の日本について、私の方からお尋ねしたいことがあります」

ケセルが柔らかな物腰で語り出した。

「どんなことでしょう」

天野は緊張して言った。

「ここ二、三年の間に、日本で何か変わった動きはありませんか」

「は……」

「その……私にもうまく説明できませんが、言ってみれば何か大きな力《パワー》が動き出すような……」

天野は、母国語ではない英語で会話をしているうえに、上がってしまって、何をどう答えていいのか判らなくなっていた。いや、咄嗟《とっさ》に天野はそう感じたのだが、どんな状況で訊かれても、すぐに答えられるような質問ではなかった。

「ここ二、三年の日本ですか……。そうですね。石油ショック以来、ずいぶんと変わったことは変わりましたね。人々の生活の様式も意識も変化してきました。高度成長時代は終わったというのが実感されます」

「そうですか……。それから」

「それからねえ……。やはり、日本の若者はロックをよく聴いています。ジャズは、人気はあるとはいえ、まだまだ一般にはよく聴かれているとは言えない状況です」

天野はそう言って苦笑したが、ケセルの目は輝いていた。

「その辺のことを、もう少し詳しく聞かせてくれませんか……。例えば、日本のジャズマンのことなどについて……」

ケセルは言った。天野は、ケセルの職業上当然の興味だと思って話し始めた。

「若い世代のジャズマンが育ちつつあります。日本のジャズも、層が厚くなりました。彼らは意欲的に様々な手法や理論を自分のスタイルに取り入れてます。バップもあれば、ロックのようにエイトビートやエレクトリックサウンドを導入しているグループもあります。フリージャズでも、たいへんな人気のグループが生まれています」

ケセルは、天野が話し終わるのも待ち切れない様子で、身を乗り出すようにして尋ねた。

「なるほど。その若いジャズマンたちの中で、大きなブームを作っているような人はいませんか」

「いいえ……。残念ながら、音楽のブームというのは、多くの場合、マスコミによって作り上げられるものです。日本のマスメディアはなかなかジャズを取り上げようとはしないし、レコードの売り上げもロックやポップスに比べるとごくわずかなものです。そういう意味では、日本におけるジャズというのはマイナーな存在なので、日本中をブームに巻き込むジャズグループというのは生まれることはまずないのです」

「そうですか……」

ケセルは、ふと視線を落とした。

「一気に、日本中を燃え上がらせるようなグループは出現していないのですね」

「そんなジャズグループは、残念ながら永遠に出現しないでしょうね。大衆は、やはりポップスやフォークを求めているようです。必然的にマスメディアもそれらを中心に扱いたがる」

「そうか。まだなのか……」

「え、何とおっしゃいました」

ケセルがふと漏らした一言が気になって天野は思わず訊き返した。

「いえ……。今に、きっとそういうグループが現れるような気がしましてね」

「日本にですか」

天野は淋しげな笑いを浮かべた。

「残念ながら、ミスター・ギャラリーは、日本をあまり御存知ないようです。日本の音楽界は売れることだけを考えているレコード会社と私利私欲のためなら手段を選ばない音楽プロダクション、そしてそれらと密接に結びついた放送局によって支配されていると言っていいくらいなのです」

天野は、そう言いながら何かしら腹立たしさを感じていた。

ケセルは、組んだ指を唇にあて、床の一点を見つめたまま黙ってしまった。天野は、まずいことを言ってしまったか、と少しばかり後悔していた。

「あの……失礼」

カメラマンが、ドイツ訛りの英語で言った。

「お二人が握手しているところを写真に撮りたいのですが……」

天野は、その一言に救われたように身を乗り出したが、ふとケセルの顔を見て、出しかけた手を引っ込めた。

ケセルは、床を睨んだまま考え込んでいたのだ。どうしていいか判らず、天野とドイツ人カメラマンが顔を見合わせたとき、ケセルは意を決したように語り始めた。

「私の話を、できるだけ正確に日本の皆さんに伝えていただきたいのです。いずれ日を改めて、各国の記者の方々にもお話しするつもりですが、日本に関することなので、一足早く、あなたにお話ししておきたいのです」

天野は、ケセルの物静かでありながら逆らうことを許さない語り口に威圧されて、小さく答えた。

「わかりました」

ドイツ人のカメラマンもシャッターを切るのを忘れて、ケセルの顔を見つめていた。

天野は不可思議な気分に襲われていた。それは、ケセル・ギャラリーが発している雰囲気によるものだった。どう言えばいいか天野にも判らなかったが、かすかに部屋の中が変化したような気がした。

緊張と興奮による錯覚だったのかもしれないが、柔和な貴公子から、もっと神聖な予言者のような存在にケセルが変化したように、天野には感じられた。

ドイツ人のカメラマンがどう感じているか天野には判らなかったが、確かに彼も何か異様なものを感じているようだった。

「私が今、いちばん行きたいのは日本です」

最初のケセルの一言は、天野を狂喜させるに十分だった。

「ほ……本当ですか」

ケセルは頷《うなず》いた。

「ありがとうございます。日本のファンは心から歓迎します。一刻も早く日本に知らせたい」

「私がお話ししたいのはこれからです。いいですか。よくお聞き下さい」

ドイツ人のカメラマンがソファに坐り直した。

「日本で、もうじき大きなムーブメントが起こる筈です。私はそれを予言します。これは単なる興味による発言であるとか、神がかり的なたわ言であるとお思いにならないで下さい」

天野とカメラマンは思わず、顔を見合わせた。

「失礼」

ドイツ人カメラマンは、言った。

「日本の友人の前では言いにくいことですが、それはどのようなもので、なぜ日本でなければならないのですか。あなたが言われるからには、音楽的な事柄なのでしょうが、音楽史上、日本から何かが起こるというのは、有り得なかったことです」

音楽に関して絶対の自信と伝統を持つドイツ人らしい発言だった。

「なぜかと言われると、私にははっきりしたことは申せません。いや、この世の誰もが明確に答えることはできないでしょう。合理性を重んじられるドイツの方は、不満に思われるかもしれませんね」

天野は、何を言い出していいか判らず、黙ったままケセルの言葉を聞いていた。

「しかし、私にはそれが判るのです。いや、私だけでなく、何らかの形でそれを証明しようとする人々が、今後何人も現れるでしょう。それは、大きな力による動きです。我々人間には、どうすることもできないものです。何が、いつ、どういう形で起こるか、はっきりは判りませんが、近いうちに、日本には、強烈な音楽を演奏する一団が出現するでしょう。私は、ミュージシャンですから、その方面のことしか判らないのですが……」

天野は、どういう態度を示すべきか迷っていた。

ケセルの話の内容は笑い飛ばされてもしかたのないものだったが、天野は、ケセルの真剣な語り口と、何よりも話しているのが、ケセル・ギャラリーであるという事実に困惑していた。

「信じていただけないようですね」

ケセルは、悲しげな表情で言った。

「信じるも何もありません」

ドイツ人が言った。彼は少しばかり憤慨しているようだった。天野には、なぜこのドイツ人が突然怒り出したのか訳が判らなかった。

「他人を説得するには、根拠というものを、まず話さねばなりません。物事には、原因があり結果があるのです。仮説や推測でも、いいでしょう。しかし、その場合でも、明確な理由を話してくれなければ、我々は、何ひとつ理解することができないではないですか」

なるほど、と天野は思った。ドイツ人が怒り始めた原因についてだ。彼らは、透徹した理論を重視する民族で、理屈を欠いた事柄を、頭から押し付けられるのを、何よりも嫌うのだった。

「あなたのおっしゃることもよく判ります。このような話し方は、理論が欠落した原始人の話し方だとお思いでしょう」

静かにケセルが言った。

「少なくとも、我々ドイツ人の話し方ではありません」

このカメラマンは典型的なドイツ人のようだった。天野は、ひやりとしたが、ケセルは穏やかに話を続けた。

「確かに私の言い方は、未開人の宗教を思わせるものでしょう。しかし、私は他に言い様がないのです。例えば、キリストの行なった奇跡について、説明し得る理論を我々は持っていますか……。いや、それよりも、ヨーガやゼンに関する明確な説明を我々ができるでしょうか。私が話しているのは、そういう次元の話題なのです」

〈ひょっとして……〉

天野は、心の中でつぶやいた。

〈アメリカやヨーロッパの人々の中には、異常な東洋への憧れを持っている人が少なくない。ジャズやロックのミュージシャンの中にも、そういう連中は多い。ケセルもその一人なのかもしれない。異常な東洋への思いが、日本に対する過大評価につなが

っていると考えれば、判らなくもないな〉

しかし、そう自分に説明してみても、天野はどうも釈然としなかった。

「私が、いつから、どのようにして、そのことを知るようになったかは、私自身にもよく判りませんが、私の演奏方法に関係あるのではないかと思います。私は、演奏中は、自分の感情をすべてオープンにしていなければなりません。偉大な意志の働きかけがあるとしたら、そういう状態の人間が、最も察知しやすいのでしょう」

「偉大な意志……」

天野は訊き返した。

「私には、それ以外説明すべき言葉がありません。意志のようなものです」

「意志というからには、それを持つ何者かがいる筈ですね。それは、いったい誰なのですか」

ドイツ人が苛立った様子で尋ねた。

「それは、私などにはとても判りません」

ケセルが言った。ドイツ人は、眉をしかめ、溜息をついた。

「話を戻しましょう。なるほど、ミスター・ギャラリーが日本に大きな期待をなさっていることは判りました。我々にとって、これほど光栄なことはありません。しかし、何度も申し上げるように、日本の音楽風土というのは、営利だけを目的としたレコード業界とマスコミによって支配されています。日本人の音楽に対する感情までが、彼らによってコントロールされていると言ってもいいくらいです。ある日突然、すばらしい音楽家が出現しても、日本中をブームの中に巻き込むというのは不可能なのです」

天野は、冷静に言った。努めてケセルの心証を害さぬように注意していた。

「だからこそ、だとお思いになりませんか」

ケセルは言った。天野と、ドイツ人は、その語調の強さに少しばかり驚いた。

「これは私の考えですが、それだからこそ、そういう力が働くのではないですか」

「よく判りませんが……」

天野はドイツ人の顔に視線を移しながら言った。ドイツ人は、それを受けて言う。

「何となく判る気がします。それは、人体におけるフィードバックのような作用ですね。交感神経と、それを抑制する副交感神経のような……」

さすがに、少しでも話が論理的になるとドイツ人の頭脳はすみやかに回転を始めるようだ。

「そう考えていただいて結構です。そのような、フィードバックの作用というのは、人体だけでなく、大自然の……言うなれば宇宙のメカニズムなのですから……。人体のことを小さな宇宙《ミクロコスモス》と呼ぶのは御存知の通りです」

天野は、もう、ケセルの話をどう解釈すればいいのか判らなくなっていた。

「私が申し上げたいのは、それだけです。日本の皆さんに、よろしくお伝え下さい」

そう言うとケセルは立ち上がった。天野とドイツ人カメラマンも立ち上がらざるを得なかった。

「判りました。日本のファンも喜ぶことと思います」

天野は常套句で締めくくり、ケセルと握手を交した。ドイツ人も釈然としない顔で握手を交している。

天野は、引き上げようとドアに手を掛けた。その時、ケセルがその背中に声を投げかけた。

「一刻も早く、日本の皆さんに、このことをお伝え下さい」

天野は、曖昧な微笑を残して、ドアを閉じた。

4

「何をどう伝えろと言うんだ」

天野は、帰国の途にあった。帰国したら、すぐに雑誌に記事を放り込めるように、飛行機の中で原稿をまとめていたのだ。

どう書いても、ケセル・ギャラリーという天才ピアニストが、オカルトじみた予言者になってしまうのだった。

苦々しい気分で、また一枚、彼は原稿用紙をくしゃくしゃにした。

結局、出来上がった原稿では、貴公子のような印象と、あくまで真摯《しんし》な態度が強調され、予言めいた事柄に関しては、「ケセル・ギャラリーは、大変な東洋びいきで、特に、日本のジャズ界の可能性に、大きな期待を寄せている」という、ひかえ目な内容となってしまった。

天野は、帰国すると、首を長くしていた雑誌社の記者に、その原稿と、現像をしていないフィルムを渡した。

ケセル・ギャラリーが日本公演を希望しているというニュースは、呼び屋を狂喜させた。折りしも、日本ではピアノソロブームがでっち上げられようとしていた。グループで呼ぶより、ソロで外国人を呼ぶほうが、ギャラはともかく、諸経費が安く上がる。何より、ピアノソロならば、七面倒臭い楽器運搬の手間を気遣う必要がない。

その先頭を切る形で、あっという間に、ケセル・ギャラリーの日本五大都市コンサートの話が決まった。東京、大阪、仙台、北九州、札幌と、各地をソロコンサートで回るのだ。

天野は、その話を聞いた時、なぜか憂鬱な気分になった。

「喜ぶべきことではないか」彼はそう思った。それは、ケセルに言われた任務を全うしていないという、後ろめたさから来る気持ちだったのかもしれない。

天野は、ぼんやりとケセル・ギャラリーの「予言」を思い出していた。

「いつの頃だったか、俺も同じようなことを考えたことがあったような気がする」

それは、遠い昔のことのように思われた。

彼は、吐息をひとつ洩《も》らしてから、ケセルのコンサートスケジュールの書かれた呼び屋のチラシを事務所の机の上に放り出した。

事務所からアパートの自室へ帰るところだった。新宿駅で京王線に乗り替えるため、改札口へ向かって歩いていると、ふと彼は自分を呼び止める声を聞いた。

彼は、人込みの中を見回したが、知っている顔はない。再び彼は歩き出そうとした。

「天野さん」

天野は振り返った。彼を呼んでいるのは、駅の構内にうずくまっている浮浪者のひとりだった。その男は、ひょいと立ち上がると、天野に近づいて来た。

天野は、びっくりして声も出なかった。その男の風体は、それほど異様だった。

色あせて茶色になった墨染めの僧衣を身に着け、わらじをはいている。手には、五尺ばかりの錫杖《しゃくじょう》を持っている。不思議なことに、その全身からは清潔感が漂っていた。

髪と鬚は真っ白で、額はもう頭の頂上まで禿げ上がっているにもかかわらず、その白髪は長く両肩のあたりまで垂れている。

「天野さんですな」

その男は言った。

「そうですが……あなたは……」

「木喰《もくじき》と申す乞食坊主。こんな場所で失礼とは存ずるが、少しばかり、ものをお尋ねしたい」

「モクジキ……さんですか」

木喰と名乗った老人は、時代がかった語り口で言った。

「あなたが、ケセル・ギャラリーというピアノ弾きにお会いなされた評論家であられるな」

天野は再びびっくりした。こんなところで異形《いぎょう》の老人に、そんなことを尋ねられるとは夢にも思わなかったのだ。

「よく御存知ですね。いかにも、その通りです」

「あなたがお書きなされたものを、拝見いたしました」

「それは、どうも……」

こんな読者がいるとは思わなかった、と天野は思わず笑顔を漏らした。

「ケセル・ギャラリーがあなたに話したのは、あれで全部ですかな」

「は……」

「あなたがケセル・ギャラリーと申すピアノ弾きからお聞きなされたことは、あれですべてかとお訊きしておりますのじゃ」

天野は別にケセルの予言を秘密にしてあった訳ではないが、やり残して隠してあった仕事を暴露されたような驚きと不安を感じた。

「そ、そうです。あの記事に嘘いつわりはありません」

天野は、ふと老人の目を見て、身が縮む思いがした。老人の両眼は、天野の心の裏側まで見透すように、らんらんと輝いていたのだ。天野は、冷汗を流す思いだった。

老人は、その目をそっと落とすと、呟くように言った。

「左様か……」

老人は、錫杖を握り直した。鉄の輪が、シャリンと音を立てた。その音を聞いて、天野は、嘘をついたような罪悪感にさいなまれた。

「失礼いたしました」

老人は、頭を下げると、天野に背を向けて、出口の階段に向かって歩き始めた。天野は、その様子を、茫然としながら眺めていた。

通行人たちが不思議そうな顔で天野を見ながら通り過ぎて行く。

「変なことばかり起こりやがる」

その視線に気付き、舌を鳴らして彼は歩き出した。

ふと、その足が止まる。しばし立ち止まっていた天野は、なぜか、木喰と名乗った怪僧が歩き去った方向へ走り出した。

何が彼をそうさせたかは、彼自身にも判らなかった。しかし、この機会を逃《のが》すと、天野の中にあるケセルに関するわだかまりが一生涯残りそうな嫌な予感がしたのだ。

ひょこひょことユーモラスに歩いている木喰に彼は追いついた。

「どうなされた」

今度は、木喰と名乗った怪僧が驚いた様子だった。天野は息を切らして言った。

「ケセルは、私に、はっきり言ったのです」

「ほほう……」

老人の目が光る。

「日本で、いまに大きな力が動き始めるだろう、と。彼は音楽家だから、音楽のことについてしか言わなかったのですが、近いうちに日本には、たいへんなミュージシャンが現れるだろうと、はっきりと予言したのです」

「なるほど……」

老人は、深く考え込んだ。

「本当でしょうか」

天野は老人に尋ねた。

「何がですかな」

「ケセル・ギャラリーの予言です」

「なぜ、このわしにお訊きなさる」

「その……何となく……」

「そんなこと、このわしに判る訳がなかろう」

天野は力なく「はあ」と答えた。何か期待を裏切られたような気持だった。

「じゃあ、どうして私に、あのようなことを尋ねられたのですか」

「さあな。何となく訊いてみたかったのじゃよ」

天野は両肩を落とした。

「ただ……」

「ただ、何です」

「ケセル・ギャラリーの最終公演地は北海道の札幌じゃったの」

「そうですが……」

「わしが全国を回りながら聞いた風の便りをいろいろと考え合わせてみると……」

「はあ」

「札幌では、面白いことが起こりそうじゃよ。あんたも、ケセルをお聴きなさるなら、札幌にされるとよろしい」

「あなたは、いったいどなたなのですか」

「変な日本語じゃの。わしは、先刻申したように、木喰と申すもの。いや、よくお話し下された。この通り、礼を申し上げる」

怪僧は再び頭を下げ、ネオンが交叉する新宿通りへ歩き去って行った。

天野は、呼び止めることもできずにいた。

「まったく、ケセルに会ってから、おかしなことばかりだ」

ふと我に返った天野は、捨て台詞のつもりでそう呟くと、再び新宿駅の階段を下って行った。

「それにしても……」

天野は、帰りの電車の中で考えていた。

「モクジキ……モクジキ。どこかで聞いたことがある。まさか、あんな坊さんに過去に会っている筈はないし……。はて、どこで聞いたのだろう」

確かに、どこかで聞いたことのある名なのだが、天野にはどうしても思い出すことができなかった。

# 北海《ほっかい》怒濤《どとう》

1

暑さがまだ完全に去らずにいる十月の東京を立ち、天野は雑誌の取材を口実にひとりで北海道の千歳空港へ飛んだ。

彼は、取材費用は後で交渉することにし、とりあえず身の回りにあった金をかき集め、ケセル・ギャラリーの最終公演地の札幌へやって来たのだ。

千歳空港へ着いた彼は、バスで札幌市へ向かった。

高速道路を走るバスの窓からは、広い平野と見渡す限りの森林が見える。その風景の色調が、妙に淡いのに天野は気が付いた。

北海道の陽光は、もうすっかり秋のそれだった。まとわりつくように粘っこい東京の陽光とは完全に異質で、さらりとした感じがする。風景が全体にセピア色を帯びているように感ずるのも、そのせいかもしれなかった。

天野は、決して北海道が初めてというわけではないが、その風景の色調が、妙に新鮮に感じられた。

東京を出る時は汗をかいていたのに、天野は肌寒さを覚えて、かかえていた上着を着込んだ。

「さあ、この北海道でいったい何が起こるというんだ。この俺が見届けにやって来たぞ」

天野は、流れる車窓の風景を眺めながらそうつぶやいた。

2

予約してあった大通公園のそばのホテルにチェックインして、身づくろいと食事を済ませた天野は、さっそくケセル・ギャラリーのコンサートが開かれる札幌厚生年金ホールへ向かった。

土地勘を得るために、彼はなるべくタクシーを使わないようにしていた。地下鉄に乗って彼は思った。

「いつ来ても、真新しい街だな」

札幌には、南北線と東西線の二本の地下鉄が通っている。この地下鉄はゴムタイヤをはいていて、騒音が少ない上に乗り心地がソフトだ。

札幌オリンピックの際に南北線が開通したのだから、どの駅も新しく、実に小奇麗な印象を受ける。先程チェックインしたホテルも小さいが、新しいホテルだった。

会場へやって来て天野は驚いた。ホールは超満員で、通路まで人で埋まるのではないかと思われるほどだった。

いかに話題になっているとはいえ、ジャズのコンサートでこの動員は異常と言ってよかった。

「東京でも、こうはいかなかった」

天野は思った。いや、東京では、と言い直すべきなのか、とにかく、東京をはじめとする五大都市コンサートの中で、まずは最高の入りだろう。

客のどの顔も期待に満ち溢れていた。考えてみれば、当然のことなのだが、天野には、なぜかそれが通常とは異なった雰囲気のように感じられてならなかった。

「木喰とかいう坊さんのせいで、こちらが変な期待をしているせいだろうか」

天野は思った。

やがて開演を知らせるブザーが鳴った。客席の照明が消えていく。ざわめきが、波が引くように静まっていった。

どん帳は最初から上がったままだ。ケルンのコンサートと同様、何の飾り気もないステージにグランドピアノが一台置かれ、それにサスペンションライトが当たっているだけだ。

その光の輪を、満場の観客が見つめている。突然、会場中が鳴り出した。拍手と喚声などというものではない。会場中が轟々と音を立てている感じだった。

3

ケセル・ギャラリーの登場だ。

これほど一糸乱れぬ反応も珍しかった。どの客も、一瞬のためらいもなく一斉に拍手を開始したように見えた。

ケセルは、両手を胸の前で合わせて頭を下げる。インド風の挨拶だ。

ステージに立ったケセルは頭を下げながら、「おや」と思っていた。

彼が椅子の高さを調節して腰掛け、顔を上げた瞬間、ピタリと場内の拍手が止んだ。まるで誰かに指揮されているように客の反応は見事だった。

「変だ。札幌というこの場所で演奏するのは初めてだというのに、この聴衆に囲まれていると、まるで何年も昔からの馴染みの土地みたいな気がする」

まるでケセル・ギャラリーに対する呼吸をすべて呑み込んでしまっているような客の反応の良さに、ケセルは、思わずそう呟いていた。

勿論、ミュージシャンにとって、それが演奏しにくい状態であろう筈がない。

会場は、しんと静まりかえっているが、その静寂に隠された熱っぽい期待感と同時に、ケセルは太々しいまでの自信のようなものを感じ取った。

聴衆の誰もが、「さあ来い」という態勢なのだ。

ケセルが弾き出した。静かに、ひとつのメロディが姿を現す。甘くロマンティックな旋律だ。それに、左手のパターンがかぶさっていくのだが、ヨーロッパでの演奏と違い、のっけからゴスペルタッチの力強い音団がどんどんと飛び出して来る。

ヨーロッパでは、セミクラシックとも言える繊細なメロディを重視した演奏だったが、今夜のケセルは、メロディラインよりも、低音域でのパターンと和音を次から次へと繰り出してくる。

たっぷりと溜めのあるタッチは、こぶしを効かせた民謡を思わせた。

滅茶苦茶にスウィングしながら、ゴスペル調からラグタイム、またはブルーノートをふんだんに使ったブルース調へと、ケセルの土の匂いがしそうな演奏が続く。

勿論、ケセルは土地によって弾き方を変えている訳ではなかった。

ケセルの解放された心象に展開される風景が、演奏する土地の風土や客によって微妙に変化しているためなのだ。そして、今夜のこの演奏においては、聴衆が及ぼす影響が非常に大きかった。

ケセルは、弾きながら心のどこかで感じていた。この聴衆たちは、私のタッチのひとつひとつにまで反応しようとしている。今までのように好奇心が感じられない。まるで、私のスタイルが、当り前であるかのような反応だ。

「なぜだ」

ケセルのようなスタイルの演奏をするのは、世界で彼一人の筈だった。だから、当然どの地で演奏しても、観客たちは強い好奇の目で彼の演奏を見つめるのが普通だった。何度か訪れているヨーロッパの各地でもそれは同じ事だった。

演奏者というのは、客が全く気付かぬほど微妙な雰囲気を敏感に嗅ぎ分けるのだ。ケセルのように、全神経を解放している演奏者ならなおさらだ。

彼は、鍵盤に向かいながら、あるいは目を閉じていながらでも、いったいどのくらいの客が自分の演奏に集中していて、どのくらいの客が飽きているかまで判るような気がしていた。

今夜の聴衆たちは、ケセルの演奏を知り尽くしているようだった。どんなにレコードを聴き込んでいるといっても、まず有り得ない反応だった。

ケセルは追いまくられるように指を走らせた。次々とテーマを繰り出し、テーマがテーマを追っかけ、展開してはテーマに戻り、モードが移行してゆき、嵐のような演奏を繰り広げた。

「そろそろエンディングにしよう」

そうケセルが思った瞬間、聴衆がさっと身構えたような気がして、ケセルはぞっとした。

ケセルは試しに、全くエンディングの気配を見せずに、突然解決する和音を叩き出して演奏を終えた。

その瞬間に、申し合わせたように会場中が沸き立った。

ケセルは驚いていた。これほど素早く彼の演奏の終了を察知する客は初めてだった。ケセルの演奏はすべて即興なので、いつ終わるかは、誰にも判らない筈なのだ。言ってみれば、本人にすら判らない。

だから、終了後も、それが演奏の終了であることを認めるまでの、しばらくの静寂の間があるのが普通だった。

この札幌ではその間がなかった。ケセルが終わりだと思うのとほぼ同時に拍手と喚声が沸き上がったのだ。

「やはり、日本には何かある」

ケセルは、確信を持って独語した。

## 4

会場の中で天野も驚いていた。ケセルの演奏もさることながら、札幌の聴衆の反応の見事さに圧倒されてしまったのだ。

天野は、もう一度ケセルに会いたいと思った。今、楽屋へ行けば会うことはできるだろう。しかし彼には一抹の後ろめたさがあった。ケセルのメッセージを記事の中で正確に表現しなかったという思いだ。

天野は躊躇していた。迷いながら彼は、楽屋の前まで来ていた。

ドアの外で彼がどうしたものかとうろうろしていたら、不意にドアが開いて主催者側の係員らしい男が出て来た。腕章をしたその男は天野の顔を見て、当然のことのように言った。

「おや、天野さんですね。わざわざ東京から取材ですか。ケセルは、今着替え終わったところですよ。どうぞ……」

天野はその男のことを知らなかったが、最近では、ジャズ評論家として顔も売れている天野のことだから、こういうことがあってもおかしくはない。

天野は、成り行き上、「どうも」などと言いつつ部屋の中へ入ってしまった。

アメリカ人のマネージャーがケセルにしきりに何か言っている。ケセルは首をかしげながら、バスタオルを手に取った。テーブルの上には、コーヒーが半分ほど残ったカップが三つ載っていた。

きっと、客席の様子について話し合っているのだろう。天野はドアのそばで立ち尽くしていた。

ケセルは、汗を拭きながら、侵入者の姿を見た。天野は一瞬緊張する。

「覚えてらっしゃいますか、以前にケルンで……」

天野は、言った。ケセル・ギャラリーは、微笑を返し、手を差し出して言った。

「勿論です。よく会いに来てくださいました」

「まず、お詫びしなければなりません。あなたがケルンで私に言われた事柄を、私は正確に記事にすることができなかったのです」

一瞬、汗を拭く手を止めたケセルは、再び忙しく両手を動かしながら言った。

「まあ、掛けましょう」

天野が、椅子に腰を降ろし、続いてケセルが腰を掛けた。

「あなたにもいろいろと事情がおありだったことは想像できます。その後、機会あるたびに私は世界各国の記者の方々にも、同様のことを申し上げましたが……残念なことに、やはり本気で考えようとする人はいませんでした」

「申し訳ありません」

「いえ……。ただ、お訊きしたい。あなた自身も、信じていらっしゃらないのですか」

ケセルは穏やかに言った。

「あの時は……。しかし、今は全く信じていない訳ではありません。だから、こうしてやって来たのです。私は、今日のコンサートで、あなたの予言を否定し切れなくなるような経験をしました。聴衆《オーディエンス》が……その……何と言うか……」

ケセルは、ゆっくりと頷《うなず》いて言った。

「あなたもお感じになりましたか。いえ、あなたが信じてくださるのなら、私は何も申し上げることはありません。それよりも、私は、今日の演奏で、ますます確信を深めました。あらためて、同じことをここであなたに申し上げたい」

天野は、熱っぽく頷いた。

「本当に、本当に日本で、そんな素晴らしいことが起こるのでしょうか」

「たぶん。証拠や根拠は何ひとつありません。だから、たぶん、と申しておきましょう。しかし、きっと起こります。その前兆は、もう私たちの目の前へやって来ているのかもしれません。今の聴衆が何かを語っています。ミスター……」

「天野です」

「ミスター・アマノ。あなたに、それが何であるかつきとめていただきたい」

「勿論です。私も是非知りたい」

ケセルは、笑顔で頷いた。

その時、戸口からマネージャーがケセルを呼んだ。

「ケセル。車が来た」

「信じていただける人が現れて、私は嬉しい。また会いましょう。大きな出来事が必ず起こるでしょう。ただ、それは、まだまだ先のことのようです」

「まだまだ先……」

「そうです。私はこの目で日本を見て判りました。しかし、必ず起こります。私は、それまで何度でも日本を訪れます」

「ケセル、早くしてくれ」

マネージャーが怒鳴った。オーケイと叫び返してケセルは、天野にもう一度言った。

「また会いましょう」

彼は走り去って行った。天野は、口まで出かかった言葉を呑み込んでいた。彼はこう言いたかった。

「もう一人だけ、あなたの予言を信じている人がいます」

それは、あの木喰のことだった。

## 5

翌日、昼近くに起き出した天野は、情報あさりを兼ねて、とりあえずコーヒーを飲みにジャズ喫茶へとやって来た。商売柄、大都市の有名なジャズ喫茶の場所は心得ていたのだ。

新聞を広げながら、天野は熱いコーヒーをすすり、その苦みと酸味を口の中いっぱいに浸み込ませていた。芳香が快い。

朝刊には、昨夜のケセル・ギャラリーの公演の寸評が載っていた。それは、北海道の地方紙だったが、ジャズに対する関心の高さを感じさせ、天野をにんまりとさせた。

記事は、昨夜のコンサートを絶讃していた。

「当然だろう」と天野は思った。ただ、ひとつだけ気になることが書かれていた。

ケセル・ギャラリーの演奏が、ある日本のピアニストと比較されていたのだ。そのピアニストは、古丹神人《こたんかみと》という名だった。

「古丹神人……。聞いたことのない名だな」

天野は呟いた。いやしくも彼はジャズ評論家で、その彼が知らないとなれば、これは全く無名のピアニストだ。そんなピアニストが、ケセル・ギャラリーの比較の対象とされていることが、天野には不思議に思えた。

「あの……もしかして、天野さんじゃないですか」

カウンターの中にいた四十前後の口髭を生やした男が声を掛けてきた。

「そうですが……」

「あ、やっぱり。私は、この店を経営している者ですがね。どこかで拝見したお顔だと思いまして」

「そいつは、どうも。ゆうべのケセル・ギャラリーのコンサートを聴きにやって来たんですよ。ついでに、北海道をブラブラして行こうと思いましてね」

ジャズ雑誌か何かの写真で顔を覚えてくれていたのだろう。天野は、まんざら悪い気はしなかった。

そのマスターとあれこれケセル・ギャラリーの批評などをし合った後、天野は、彼に北海道のジャズはどんな具合かを尋ねてみた。

彼は、我が意を得たり、といった顔をした。それを話すのが嬉しくてたまらないという様子だ。

「何と言っても、もう、古丹神人で持ち切りですね」

「古丹神人……」

天野は、先程の新聞記事を思い出した。

「そうです。すごい人気ですよ。今じゃ、ジャズファンだけでなく、北海道中の音楽ファンが彼に夢中ですよ。こんなことは今までなかったんじゃないかなあ」

「その古丹神人という人について、もう少し教えてくれないか」

そう天野が言うと、相手は怪訝そうな顔をした。

「御存知ないんですか。ほら、あの男ですよ」

マスターは、壁に貼ってある白黒の粗末なポスターを指差した。そのポスターには、髪も鬚ももじゃもじゃと長い男が写っていた。年齢は二十代後半から三十歳前後というところだろうか。

「そんなに凄い男なのか」

「凄いも何も……。とにかく聞く人、聞く人、みんな一発で参っちゃうんだから。北海道中、彼のお陰で、前代未聞のジャズブームですよ。彼の後に続こうと、あちらこちらの町で続々とアマチュアコンボができているっていう話ですよ。まあ、もともと、函館とか、根室とかはジャズの盛んな町でしたがねえ」

「へえ……」

天野は木喰が北海道へ行けといった理由が少しばかり呑み込めた気がした。

「東京じゃ、噂にもなってないんですか」

「うん。残念ながら……。でも、変だね。それほどのブームなら、マスコミに乗っても良さそうなもんだけどね」

「そうか。東京じゃ知られてないのか。まあ、そうかもしれないなあ。このブームは、ちょっと違うからなあ」

マスターは、あまり残念そうでない様子で言った。むしろ、誇らしげな響きを天野は感じた。

「ちょっと違うって、どう違うんだい」

「うーん。どう言ったらいいのかな。とにかく違うんだ。パッとマスコミで騒がれるような感じじゃないんだな。ジャズって、もともとそうでしょ。で、その……何と言うか、知らないうちに、あ、お前もか、というようにどんどん広がっていった感じなんですよ」

天野は、再びケセルの予言を思い出した。考えてみれば不思議な現象だ。

地方紙には堂々と名前が採り上げられるほど北海道の中では人気があるのに、中央のマスメディアは全くそれについては無関心なのだ。

マスコミというのは、元来そういうもので、中央の事象を周辺に向かって広げることしか考えていないということもあるだろう。

しかし、このマスターの話によると、古丹神人というピアニストの人気は普通ではない。なのに、東京にいるとはいえ、ジャズ評論家である天野が噂すら聞いたことがないというのは異常な話なのだ。

「その古丹の出身は北海道なんだろうか」

天野は尋ねてみた。

「多分、そうでしょう。いえね、彼の生い立ちについては、誰も知らないんですよ。何でも、アイヌの血を引いているという噂ですがね。とにかく、今まで見たことも聞いたこともないスーパースターですよ。彼の名も、本名かどうか判らないのです」

「ほう」天野は頷きながら聞き入った。

「古丹神人という名ね。実は、アイヌ語で郷《さと》のことをコタンというのです。神様のことをカムイと言いましてね。北海道そのものやアイヌの住む土地のことを、彼らはカムイ・コタン、神の郷と呼ぶんです。カミト・コタンは、これから取った名じゃないかと言われてますよ」

「自ら、神の郷と名乗っている訳か」

「まあ、彼ならその資格は、充分過ぎるくらいありますよ」

「どこに行ったら会えるかな」

「いつもなら、どこにいるのか全く判らないんですがね……」

マスターは、もったいぶったような言い方をした。

「今は、根室に行けばきっと会えますよ」

「根室か……」

根室は北海道の東端、つまり日本の最東端だ。札幌からは、かなりの距離がある。しかし、幸い根室には、天野の大学時代の友人が住んでいる筈だった。彼はその友人のことをなつかしく思い出しながら言った。

「ようし。行ってみるか。乗りかかった舟だ」

店のマスターは笑いながら言った。

「やれやれ、これで、昨日から二人目ですよ」

「何がだい」

「古丹神人のことをいろいろ訊いて会いに行こうと言い出した人がですよ」

「へえ……東京の人だったかい」

天野は、さして関心も無さそうに訊いた。もう彼の心は、根室にいる古丹というピアニストのところへ飛んでいるのだ。

「さあ。何というか……。変なじいさんでしたよ。色あせた僧衣を着た……」

「何だって」

思わず天野は持っていたコーヒーカップを音を立てて、受け皿の上に置いた。

## 6

天野は、札幌発八時五十五分の特急おおぞら一号で釧路へ向かっていた。釧路で根室行きの各駅停車か急行に乗り替えるのだ。

釧路に着くのが午後三時近くだから、ほぼ六時間走り続ける訳だ。根室へは、その釧路からさらに三時間ほど列車に揺られなければならない。

見渡す限りの石狩、空知の平原を過ぎ、列車は、深々と森林に包まれた山の間を単調に走ってゆく。山々の間に、ぽつりぽつりと小さな町があるが、それらはかえって周囲の自然の壮大さを際立たせていた。

そんな車窓の外を眺めながら、天野は考えていた。

「木喰も、古丹神人を追っている」

どうやら、ケセルの札幌公演で感じた、聴衆の異常なまでの反応の良さは、その古丹神人というピアニストの影響のようだった。

いろいろ天野が訊いて回ったところによると、古丹というピアニストも、ピアノソロでコンサート活動をしているようだった。しかも、ケセル・ギャラリーと同じく、すべてが即興演奏のソロらしい。

その演奏に、北海道中の音楽ファンが、老若男女を問わず魅了されているという。ちょっと信じられない話でもあるし、東京には噂すら伝わってきていないのだが、札幌の聴衆の反応を身をもって体験している天野は、それを信じない訳にはいかなかった。

「それにしても……」天野は思った。

「あの木喰というじいさんは、いったい何者なんだろう」

天野は、ふと自分が得体の知れない力に引きずられているように感じた。

その感覚は一瞬のもので、あれこれと考えを巡らせているうちに、彼は眠り始めていた。朝、柄にもなく早起きをしたせいだろう。車窓から射す秋の柔らかい日を浴びて、彼は漂うような眠りの中に居た。

目を覚ました時、一瞬天野は、車窓の外に海原が開けているような錯覚に陥った。しかし、それは海ではなく視界の限りに広がる十勝の大平野だった。

特急おおぞら一号は、十勝ワインで有名な池田町を過ぎ、海岸ぞいに走り始める。太平洋だ。長い間揺られ揺られてようやく、列車は釧路に着く。

北海道の旅は、どこか明るさを感じさせる風景が続いてきたが、釧路から根室に至るまでは、そのイメージが変わってくる。何となく暗く陰鬱な感じがするのだ。天野は、景色自体が表情を持っていることを、あらためて感じていた。

「よく来たな。この日本の果てまで」

松村は根室の駅で出会うなり、そう言った。

天野は、札幌のホテルから彼に電話で連絡しておいたのだ。

松村と天野とは、大学時代のアマチュアジャズコンボの仲間同士だった。松村はドラムを叩き、天野はサックスを吹いていた。

二人とも一応就職はしたものの、どうにもサラリーマン生活が性に合わず、天野の方はジャズ評論家として独立し、最近ようやく名も売れ出したところだ。

松村の方は、東京では懸命に働き、まとまった金を作ると、プイと会社を辞めて故郷の北海道へ帰ってしまったのだ。今、彼は、根室でジャズ喫茶を経営していた。

「しばらくだなあ、店はまだつぶれてないのか」

「なんの。お前こそ、雑誌にホサれてるんじゃないのか」

二人は、あっという間に学生時代の間柄に戻っていた。

天野を乗せ、松村は車で市街地へ向かう。松村の店は、アーケードがある一番賑やかな通りに面していた。

「いい場所にあるんだなあ」

「もともとオヤジがここに商店を持っていたんだ。御覧の通り、こういった町では、完全なジャズ喫茶にしちまっちゃ、客が来ないんで、普通の喫茶店で、ジャズを流してるって形なんだけどね」

と、松村は言うものの、根室という北海道の東端の町はジャズが盛んなことで有名だ。この町のジャズクラブには、二十名ほどの会員がいて、年に二、三度は、東京からジャズプレイヤーを招くなどの、盛んな活動をしていることを、天野も知っていた。

天野が根室に着いたのは、午後六時頃で、外はもう夕暮れだった。

「今、コーヒーを入れるからな。疲れたろう。お茶を飲んだら女房に布団を敷かせるよ。とりあえずやすんでくれ」

店に到着してカウンターに入った松村は言った。奥の方から、彼の妻が出てきて天野に挨拶する。笑みを顔中に浮かべたかわいらしい奥さんだった。天野とは初対面だ。家事の途中らしく、彼女はすぐに奥へ引っ込んでしまった。

「いい人を見つけたもんだな」

そう天野が言うと、松村は照れたような顔で、ざまあみろ、と言った。

二人は、いくら話しても話題が尽きなかった。

「ところで、根室へは何の用だ。わざわざ俺に会いに来た訳でもないだろう」

昔話が一段落したところで松村が尋ねた。

「会いに来ちゃいけないか」

「いけないね、仕事も放り出して……。当ててみようか。古丹神人だろう」

「よく判ったな」と天野は驚いた顔をして見せる。

「判るさ。今、彼は根室に来ている。現在、北海道で、ジャズ評論家のお前が追っかけるとしたら、彼以外は考えられない」

「そんなに凄いのか」

「凄いね、掛け値なしに。俺も、いろいろな人間の演奏を聴いたが、あんなのは生まれて初めてだよ。初めて聴いた日の夜は本当に興奮して眠れなかった。いつまでも、あいつのピアノが耳の奥でガンガン鳴ってやがってな」

ふうん、と天野は唸った。

「今、根室にいると言ったな。会えるか」

「直接か？　まあ無理だろう。どこに居るのか誰も知らない」

「誰も知らない？　今、根室に居ると言ったじゃないか」

「根室と言っても、この市街地だけとは限らない。根室半島から、根釧《こんせん》台地にかけての広大な土地全部が根室だ。古丹が根室に居るといったのは、そのどこかに居るという意味だ。この大自然の中のどこかにな」

天野は驚いた。いったい、古丹神人というのは、どんな生活をしているというのだ、と彼は思った。

「でも、演奏は聴けるぜ。お前、ちょうどいい時に来たよ。明日の夜、市民会館で彼のコンサートがある。券はとっくに売り切れたけど、主催がうちのジャズクラブだから、話しておくよ」

「明日。本当か」

天野は、自分の運の良さを天に感謝したい気分だった。いや、この噂のピアニストの演奏を聴くことも、ケセル・ギャラリーの予言を自分が聞いたことと関連した、一つの運命であるような気すらしていた。

「古丹を追って、次々と外の人間が根室にやって来る。まあ、凄い人気だね。当然だけど」

「次々と……？　誰か来たのか」

「昨日だったか、変な坊さんが来たよ。あんな人までファンにしちまうんだからねえ」

「またか……」

「何？　知っている人か」

「いや……知り合いというほどじゃないが、名前だけは知っている。木喰というんだ」

「木喰だってエ」

松村は、吹き出しそうな顔で、すっとんきょうな声を上げた。

「何か思い当たるのか」天野は尋ねた。

「木喰ってのは、江戸時代の坊さんだぜ。確か、享保から文化年間に生きてた人間だ。ほら、日本中に羅漢像を彫って歩いた、放浪の坊さんだ」

「有名なのか」

「お前、忘れたのか、ジャズ評論家のくせに。『木喰』という名の曲があるじゃないか。同名のアルバムも出てるぜ」

あ、と天野は思った。山下洋輔トリオというフリージャズ・トリオが一九七〇年にそういう名のレコードを出しているのだ。

彼が「木喰」という名に聞き覚えがあったのは、そのせいだった。

「とすると、何かい？　あの人は江戸時代から、ひょっこり現れたのかい」

松村はニヤニヤしながら言った。

「かも知れないよ。彼は確かに俺にそう名乗った。変な坊さんだからなあ。ところで、そのラカンゾウとか言うのは何だい」

「あちらこちらの寺にある、何と言ったらいいか、仏像とも地蔵ともつかない像のことだ。たいてい、大勢で並んで立ってるよ。何でも禅に関係あるとか……詳しいことは知らん」

「羅漢像とジャズ」天野は考えた。「どんな関係があるんだ」

勿論、考えて判る筈もなかった。

「明日は、俺も一緒に行くよ。久し振りに一緒にジャズが聴けるな」

そう松村が言った時、彼の奥さんが、食事の仕度ができたことを告げに来た。

「さあて、メシだ。どうやら昼寝の時間はなくなっちまったな」

「なあに、昼寝など要るもんか。まだ若いんだぜ」

「悪あがきはよせ。さあ、一杯やろう」

二人は、奥のリビングルームへ上がって行った。

## 7

長いこと人が踏み込んだことのないような原始林に、夜は静かに降りて来つつあった。虫の声だけが聞こえている。十月に入って、夜は急に冷え込んでくる。

こんな林の中に人が居る筈はなかった。命の惜しい人間は、町へ出て灯を点《とも》し、暖い夜具にくるまって休んでいるのだ。

そこには、一寸先も見えない濃密な闇と、得体の知れない小動物たちの警戒心だけがあった。ただ、木々をすかして見ると、彼方に小さく町の灯が見えている。それだけが救いの暗黒の世界だ。

その中で、今、ひとつの明確な意識が目覚めた。

古丹神人が、何者かの気配を察知して、野獣のように浅い眠りから目覚めたのだ。覚めると同時に、彼は行動を開始していた。黒いその影は、闇がうごめくように音もなく身を起こし、体に掛けてあった毛布をはぎ取った。

そのまま、両手を地面につき、伏せるようにして、じっと闇をすかして見ている。灯りが全くない夜の林の暗さを知っている者ならば、それがどんなに異常なことであるか判る筈だが、確かに彼は何かをその目で捕えているのだった。

ひとつの小さな影が近づきつつあった。明らかにそれは人間だった。その影も、この真っ暗な林の中を、何の躊躇もなく歩いて来る。

地に伏せるようにして様子を窺っている古丹神人と、その影の距離は確実に縮まっていった。古丹の身体は徐々に緊張の度合を高めてゆく。

突然、古丹の五体が、バネをはじいたように伸び上がった。と思うと、その身体は大きく翻《ひるがえ》って、さらに濃密な闇の中へ飛び込んでいた。獣そのものの逃走の反応だ。それは、自然界に棲《す》む動物たちが未確認の存在に出っくわした時に示す、最も基本的で、何よりも合理的な反応だった。

近づいてきた影も、ほぼ同時に反応を起こした。古丹が逃げ去った闇の中へ、まっすぐに走り出したのだ。

古丹は、びっしりと生えている笹をかき分け、人間離れした速度で木々の間を駆け抜ける。決して恐怖に度を失った足どりではない。それは、種の保存という大原則のために自然界が動物たちに与えた、正確な逃避行動そのものだった。

どのくらい走ったろう。いずれにしろ、ここまで自分を追って来られる人間は居ない筈だ、と古丹は思い足を止めた。じっと気配を窺う。やはり、人の気配はない。

古丹は、静かに腰を降ろした。十月の夜気は、この北海道では相当に冷たい。にもかかわらず、彼はうっすらと汗をかいていた。

「そこまでのようですな」

突然、暗闇の中から声がした。

古丹神人は飛び上がった。同時に逃走の体勢に入る。

「およしなされ。あなたのお能力《ちから》は、よう判り申した」

古丹は、両手を地についたまま、その声の方向をじっと見つめた。彼が自然界の中でこれほどの不安を感じたことはなかった。野山の中に居る限り、どんな生き物の気配も感じ取れるのだった。下草や、木の葉が彼の感覚器官の一部のような自信が彼にはあったのだ。

その彼に気づかれず、しかも、ぴったりと彼を追って来た男が、今そこに立っている。古丹は、ようやく人間としての反応を示した。

「誰だ」と声に出してその影に問うたのだ。

男は、静かに古丹の前に現れた。野生の動物を刺激しないように気を遣っている身のこなしだった。

古丹は闇の中にその男の姿を見て、あらためて驚愕した。白髪の老人だったからだ。その鬚も白く、長く垂れている。この寒さの中で、その老人は、単《ひとえ》の僧衣のようなものを身に着けているだけだ。手には五尺ばかりの錫杖を持っている。

「拙僧は、木喰と申します」

古丹は、黙ったまま、静かに身を起こす。しかし、その目は警戒の色を失なっていない。真っ暗闇の中で、木喰にも、古丹の姿が見えているようだった。二人とも猫並みの暗視力だった。

「お休みのところへ、突然の御無礼。お許し下され」

この状況の中では、何となく間の抜けた挨拶だった。

「どうして、俺のところへやって来た」

古丹は重い口を開いてぽつりと言った。

「お誘いに参りました」

「誘い？　どこへ誘おうというのだ」

「お仲間の許《もと》へ」

「仲間だと？　俺の仲間は、この北海道の自然だけだ」

古丹は相手に敵意がないことを悟ったのか、木の根元にドサリと腰を降ろした。それを見て木喰も腰を降ろしてあぐらをかいた。古丹は、その足を見てまた驚いた。素足にわらじをはいているだけだった。それで、この険しい林の中を駆け回っていたのだ。常人の足なら、笹や小枝で傷つけられ、ズタズタになっている筈だが、木喰の足がどうなっているかは、さすがに暗くて判らない。ただ血の臭いがしないことから、少なくとも傷ついていないことだけは、古丹に判った。

「お仲間は、自然だけ……。なるほど、そうおっしゃられると思いました」

「あんたも、東京へ行ってテレビに出ろ、レコードを出せ、という人たちと同じ類《たぐい》の人間なのか。とても、そうは見えないが」

「似たようなことを申さねばなりません」

古丹は不思議そうな顔をしていたが、さすがの木喰にも、その表情までは見ることはできなかっただろう。

「ただし、テレビに出たり、レコードを作ったりすることはお勧めいたしません。ただ、お仲間の許へご案内申し上げたいだけ……」

「俺の仲間はここに居る。この木々や、星、草花そして大地、これが俺の仲間だ」

「いいえ」木喰の語気は強かった。

「このわしが申しておりますのは、別のお仲間のことです」

「どうも判らん」

「それぞれに楽器を携えたお仲間が、いずれ、古丹様とご一緒に活動なされる筈……」

「仲間とは、ジャズマンのことか」

古丹は落胆したような声を出した。

「ならばだめだ。俺は、もっと若い頃、あちらこちらのバンドを転々としていた。しかし、どこへ行っても一月ともたなかった。ある時はバンドのイメージに合わないと言って外され、ある時はリズムが外れるといって辞めさせられ、ある時は、俺が居るとバランスが崩れると言って辞めさせられた」

「その古丹様が、誰よりも、この北海道で人気を得ておられる」

「故郷の自然にどっぷりとつかって、自分一人で弾き始めたからだ。田舎の小さな学校は、頼めば使い手のほとんどないピアノを自由に弾かせてくれた。誰にも遠慮せず気ままに弾けたからだ。俺はグループの中では演奏《や》れないんだ」

木喰は言った。

「だから申しておりますのじゃ。お仲間の処へ行かれますように、と」

「一緒に演奏《や》ってくれる人間がいるというのか」

「日本というのは狭いようで、これで、歩いてみれば、なかなか広いもの……。いろいろな人間がおるものです」

古丹は黙り込んでしまった。確かに木喰みたいな人間もいるのだから、この日本の中には、今まで古丹が出会ったこともないような人間も大勢いることだろう。

「しかし、俺はせっかく戻って来たこの野山から出たくはないのだ」

「自然がよろしければ、自然を古丹様のほうで持ってお行きになればよろしいかと……」

古丹は、闇の中で沈黙してしまった。

「その気になられましたなら、天野殿という御人を頼りになされるとよろしゅうございます」

「天野……」

「その御人は、明日の古丹様のコンサートに、必ず出席される筈」

古丹は、相変わらず何事かを考え続けていた。

「きっと、お仲間に巡り合われることと存じます。それだけを申し上げたかった……」

そう言うと、木喰は立ち上がった。

「拙僧は、行かねばなりません」

「行く……」

「旅に出ますのじゃ」

「どこへ」

「北海道の寒さは、年寄りの骨身にこたえます。南の島、沖縄へ、長い旅に出発します」

全く似つかわしくない言葉をはくと、木喰はほとんど音を立てずに立ち上がった。

「では御免」

そう言うと、木喰は闇の中へと消えて行った。

古丹は石のように動かずに何かを熟慮していた。濃密な闇は、ゆっくりと移動しているようだった。静かに降りては、また音もなく舞い上がり、漆黒の闇は、石像のような古丹の影を包み込んでいった。

8

天野は、根室市民会館のホールに腰掛けて、そわそわしていた。小学校の体育館ほどの広間にステージがあり、パイプ椅子を並べた会場で、小さいながらもこざっぱりとしていた。その会場が、観客の熱気でいっぱいに満たされている。

「札幌の時と同じだ」

天野はそう思った。誰もがジャズの楽しみ方を心得ているといった感じだった。とりすました社交的ムードなど全くなく、ひたすらステージ上で繰り広げられる演奏を吸収してやろうという熱っぽさが天野にひしひしと伝わって来ていた。

「どうだい。会場はお粗末だけど、客は迫力あるだろう。これが北海道のジャズファンだよ」

松村が言った。

「なるほど」天野は頷いた。

会場の照明が消えた。ステージには、グランドピアノが置かれているだけだ。

「さあ、始まるぞ」

松村は、ステージを見つめたまま言った。

ステージ下手に、ピンスポットが当たる。会場中は一斉に拍手と喚声の嵐となった。古丹神人が姿を現した。身長は一八〇センチ近くあるだろうか、肩幅が広く胸はぶ厚く、がっちりとしたいい体格だ。

その真っ黒く硬そうな髪は無造作に伸ばされ、同様に、もみあげから顎にかけての黒々とした鬚も伸び放題だ。

天野は、北海道の熊をイメージした。古丹神人は、無愛想に一礼すると、椅子に腰を降ろす。高さの調節も無しだ。彼の一挙一動に太々《ふてぶて》しいまでの自信が窺えた。

客席は、しんと静まりかえる。古丹は、天井を仰いで、大きく深呼吸をする。そのままの姿勢で両の手を持ち上げたかと思うと、鍵盤も見ずに、両手の十本の指を鍵盤に叩き降ろした。

天野は思わず腰を浮かせた。ピアノの弦がふっ飛んだかと思うほど強烈な音の固まりが客席を襲ったのだ。それは決して出鱈目な不協和音ではなかった。

間髪を入れず、両の手は、ガンガンと鍵盤に振り降ろされ音の砲弾が次々と客席に射ち込まれてゆく。

天野は、これほどすさまじいピアノの音をこれまで聴いたことがないような気がしていた。まず、ミュージシャンの良し悪しの一つのバロメーターとして、楽器がよく鳴っているかどうかということがある。今、彼が聴いているピアノは、鳴っているなどというものではない。ピアノのボディからふたから脚に至るまで、すべてがウォンウォン唸り声を上げているようなのだ。なおかつ、そのタッチは実にクリアだった。

演奏は噂通り、すべて即興演奏のようだが、そのタッチには、何の躊躇も感じられなかった。一瞬も休むことなく、指が躍り続けるのだ。

非常にメロディックな即興演奏だ。そのメロディラインは、聴く者の心の奥に、深く浸《し》み込んで来るようだった。天野は、不思議なことに、そのメロディを聴いているうちに、はるか昔の、なつかしい出来事の一場面を次々と想い出していた。それは、やけに生々しい情感だった。

初めのうちは、天野も評論家としての立場を忘れず、古丹神人の演奏を冷静に見つめるつもりでいた。

しかし、次第にその演奏に呑まれ、心の中に去来する風景に没入していったのだ。

幼ない頃住んでいた家の日だまり、町の風景、はるか昔に旅行した名も忘れてしまった土地の景色、受験勉強の焦燥感と目に痛いノートの白さ、大学の図書館への階段、すれ違う名も知らぬ少女たち……。

脈絡なく、今まで生きてきた時間の断片が、順序もばらばらに浮かんでは消えていった。

そのメロディに、力強いアルペジオがかぶさり、高音部で躍るように演奏されたかと思うと、急に左手が低音域に飛んで行って叩きつけられる。数百の音が複雑に絡み合い、うねり、躍り狂っているようだった。

のっけから並外れた力強いタッチだったが、時間を追うにつれて、さらに演奏は高揚していく。

古丹の全身から、汗が噴き出し始めた。肩から腕にかけての筋肉が生き物のように、動き盛り上がる。

彼は椅子から腰を浮かし始めた。その目は、じっと宙の一点に注がれているが、実は何も見てはいないようだった。

ピアノ自体が、声を限りに叫んでいるように見えた。楽器の容量を大幅に逸脱した音量が発せられている、という感じだ。

その頃になって天野は、しきりにおかしな錯覚に陥り始めた。自分が、山野の中、あるいは大海原の中にぽつんと立っているような気がしてきたのだ。

木々のざわめきや、まぶしい木漏《こも》れ日、さざ波のきらめきまでが、はっきりと見える気さえした。確かに天野は目を見開き、意識もはっきりしていた。なのに、そんな幻覚に襲われているのだ。

その野や山や海の様相は、会場中に溢れる圧倒的な音によって変化していた。天野は、呟いた。

「大自然が表出している」

それは、まぎれもなく、古丹神人のピアノのなせる業だった。

どんどん高揚していった演奏は、その頂点まで達していた。古丹は、全身で鍵盤と闘い、彼の指は半ばそれ自身の自由意志で疾走していた。

長い演奏だった。古丹神人の体力は桁外《けたはず》れで、並のコンサートのツーステージ分の時間をフルに演奏し続けていたのだ。

絶頂感が長く続いていた。押して押して、押しまくり、力強く、緊張感のあるタッチが最後に低音域から最高音まで一気に走り抜けた。

両手を上げても、ピアノはグワーンという唸り声を上げていた。古丹は右足のペダルをはね上げた。音がピタリと止む。

とたんに、会場が爆発した。拍手と、叫び声がステージ目がけて一斉に投げ掛けられたのだ。

古丹は、あえぐように肩で息をしながら、しばらく放心したように椅子にもたれていたが、やがてゆっくりと立ち上がると、会場にぶっきらぼうな礼をして下手へ引っ込んで行った。

天野も夢中で拍手をしていた。

拍手も喚声もいつまでも鳴り止みそうになかったが、アンコールには応えないらしく、会場のライトが点り、コンサートは終了したことを告げた。

帰り仕度を始める客たちの中で、茫然として天野は腰掛けたままだった。無理もない。北海道のファンなら何度も古丹神人の演奏を聴いたことがあるだろうが、天野は初めてなのだ。

松村は隣りの席で、そんな天野の様子を見て満足げに笑みを漏らした。その松村の者らしい。

ところへ若い男が駆けて来て耳打ちをした。どうやら、根室のジャズ・クラブの関係
松村は、ひととおり話を聞くと、「本当か」というような表情でその男の顔を見返した。

「おい」と松村に腕を突つかれて、天野はようやく目覚めたような顔になった。

「凄い。凄いぞ、これは……。こう、何というか、大自然が目の前に現れて……俺は、完全に呑まれちまっていた」

天野は夢中でそう言った。

「そうだろう。ところで、その古丹が、どうやらお前に会いたがっているらしいんだ」

松村は言った。天野は、何を言われているのか咄嗟に理解できず、松村の顔を無言で見つめていた。

「しっかりしろ。いいか。楽屋に帰って、古丹は係員にこう言ったそうだ。『会場に天野という人が居たら、是非会いたいのだが』とな」

松村に再び言われても、天野は不思議そうな顔のままでいた。

「何で俺の名を、彼が知ってるんだ」

「俺にそんなことを訊いても判る訳がないだろう。お前は、今やケセル・ギャラリー

については日本一詳しいジャズ評論家だと言われている。古丹が知っていても、不思議はないかもしれない。とにかく、行こう」

そう言われて、訳が判らないまま、天野は立ち上がり楽屋へ向かった。途中、すれ違うどの客も顔を紅潮させ、目を興奮に輝かせていた。

「全国のジャズファンに聴かせたい」

天野は、心の底からそう思った。

「どんな形でもいい。とにかく一度聴かせてみたい」

演奏を聴いた興奮が醒めてくるにつれ、天野の胸の中に、そんな情熱が渦を巻き始めるのだった。

古丹神人は、うっそりと楽屋の中で突っ立っていた。天野が入って行くと、まぶしそうな目をして小さく会釈《えしやく》してきた。思ったより淳朴な人間だな。天野は第一印象でそう思った。次に天野が気づいたのは、古丹の目の美しさだった。一点の曇りもなく、北海道に点在する小さな湖沼を思わせる、澄みきった輝きのある目をしていた。

「初めまして、私が天野です」

天野は、その瞳に安心して、彼の方からそう切り出した。

「古丹神人といいます」そう言ってから、彼はあたりを見回し、低い声で言った。

「申し訳ないんですが、天野さんと二人にしてください」

それを聞いた松村や関係者たちは快く部屋を出て行った。彼らが、どれほどこのプレイヤーを大切にしているかが、そんなところにも窺えた。

古丹と天野は椅子に腰掛けた。

「まず、伺っておきたいのですが、どうして私の名をご存知だったのですか。そして、今夜、どうして私がここに来ていることがお判りだったのですか」

天野はそう尋ねた。古丹は、その逞《たくま》しい腕を組んでいた。筋肉でネルのシャツがはち切れそうだった。

「信じてもらえるかどうか判りませんが」

古丹は真っ直ぐに天野の目を見ながら言った。

「ある人に教えられたのです」

「ほう……」

「その人は俺に『仲間の処へ行け』と言ったんです。で、もし、その気になったら天野という人を訪ねてみろと……」

「どんな人ですか。その人は」

「かなりの年齢《とし》の……そう、坊さんみたいでした。名は……ええと……」

「木喰」

天野は押し殺した声で言った。

「そう、そうです。確かに木喰と言ってた」

やっぱりか、と天野は思った。木喰なら古丹の居場所をつきとめることも、天野が古丹のコンサートへやって来ることを知るのも、不可能ではない。根拠は何もないが、天野にはなぜかそう思えた。

「それで……」と天野は古丹に尋ねた。

「あなたに会って、俺の仲間というのに、心当たりがあるのかどうか訊こうと思ったのです」

「仲間……？」

「木喰という坊さんは、この日本の中にきっと俺の仲間がいる、と言っていました」

天野は、ケセル・ギャラリーの予言を思い出した。ケセルの予言では、日本に強力なジャズのグループが出現することになっていた。ひょっとしたら、この古丹という男は、その一人なのかもしれない。天野はそう思った。

いや、これほどのプレイヤーが、そうそう居る筈はなく、どう考えても、ケセルの予言したグループの一員であるとしか考えられなかった。そう考えれば木喰が天野の名を出したことも多少は納得がいく。ケセルの予言を真っ先に聞いたのは天野であり、そのことを木喰だけが知っているのだ。

「連れて行かねばならない」天野はそう考えていた。とにかく、自分が連れて東京へ戻り、そこで彼の仲間を探すのが、一番手っ取り早い気がした。それに、彼はどうしても古丹の演奏を東京のジャズ仲間たちに聴かせてやりたかった。

「どうなんです」

古丹は天野に詰め寄るように尋ねた。

「心当たりは、あるのですか」

天野は正直に言うしかなかった。古丹の眼は相手に嘘をつかせない不思議な魅力を持っていた。

「今のところは、ありません」

「やはり……そうですか」

古丹は、相変わらず、天野を見つめながら言った。天野は、その澄んだ光の中に何の感情の動きも発見することができずに言った。

「しかし、なぜ木喰という坊さんが、私の名をあなたに教えたか、私には判る気がします」

「どういうことかな」

天野は、一瞬躊躇した。すべてを話さねばならないのだろうか、と。いい加減な誤魔化しでは、古丹神人を説得できるとはとうてい思えなかった。確かに古丹には、独特の雰囲気があって、それが相手に嘘やまやかしを許さないのだった。それは、野生動物たちの純真さのようなものだ。

「何か訳がありそうですね。よかったら、話してもらえませんか」

古丹が言った。

「お話ししても、信じていただけないかもしれません」

「俺は、どんな不思議な話でも自分で納得がいけば信じます。さっき俺も、同じことをあなたに対して言いました。俺はともかく、あなたは、人間というせせこましい動物が作った、がんじがらめの社会というところで生活している。だから、俺が木喰の話をしてもとても信じてもらえないと思っていた。ところが、あなたはその木喰のことを知っていた。何かが起こりつつあるということは、俺にも想像はつきますよ」

そう古丹は言った。それを聞いて、天野は覚悟を決めた。

「ではお話ししましょう」

天野はケセル・ギャラリーが話したことを、できるだけ正確に古丹に話した。話しながら、彼は、自分が興奮してくるのがわかった。あらためて考えれば、ケセルの予言を証明する男の前でそれを話しているかもしれないのだ。

じっと聞き入っていた古丹は、天野が話し終わると同時に口を開いた。

「ケセル・ギャラリーもそう言っていましたか」

「は？」

「実は、かなり以前から俺も、同じようなことを感じていました。いえ、もっと、ずっと漠然とした感じでしたがね。何かが起こる、と。それが俺と関係あるかどうかは判らない。でも、そんなところへ、あの木喰とかいう坊さんが現れて、どこかに仲間が居ると俺に言ったんです。気になりましてね……」

天野はびっくりしていた。自分が、どんどんとある一つの流れの中に引きずり込まれていくような気がした。

「そうですか、あなたも……。どうです。私と一緒に東京へ行かれませんか」

「東京に仲間がいると思うのですか」

「判りません。ただ、私は明日には東京へ戻らねばならないのです。木喰という坊さんが、あなたに、私のところへ来るようにと言ったのなら、一緒に東京へ行くのが一番だと思うのですが」

古丹は目をそらし、その視線を床に落とした。天野は黙ってそんな古丹の様子を見つめていた。

「考えさせてください」

ぽつりと古丹が言った。

「え？」

「俺は、この北海道の大自然から離れたくはないのです。実は、五年程前まで俺は東京で音楽の勉強をしていました」

「ほう」

「あそこには、何もないことを知りました。少なくとも俺にとっては……。しかし、もし木喰の言う仲間が居るとしたら、事情は変わってきます。だけど、俺は、自然の中での生活以外、今は考えられない……」

　半ば独り言のように古丹は言った。天野は何も言わずにいた。

「もう少し、考えさせてください」

「いいでしょう。ただ、私にも時間がありません。明日の午後には、釧路空港から東京へ立たねばならないのです。こうしましょう。明日の午《ひる》まで私は空港で待っています。東京へ行かれるのでしたら、そこでお会いしましょう」

　天野は言った。古丹は考え込んだまま頷いた。

「念のため、東京の私の電話番号をお教えしておきましょう」

　メモを受け取った古丹は、それを無造作に折りたたんで、しばし、しまう場所を探した。多分、名刺や電話番号のやり取りなど、彼にとってここ何年も縁が無かったに違いない。天野は何とはない暖かな感情と少しばかりの羨望とを同時に感じた。

「では、そういうことにしてください」

　古丹はそう言って、天野を見つめながら頷くような礼をした。

「待ってますよ」

天野は心からそう言って部屋を出た。

9

小さな釧路空港の一階のロビーで、天野と松村は、入口を見ながら立っていた。国鉄で釧路まで出るという天野を、無理矢理に自分の車で、松村が送って来たのだ。長いドライブだった。

「本当に来るのかな」松村が言った。

「どうかな」

「俺としては、古丹に、東京へなど行くな、と叫んでやりたい気持だよ」

「北海道のファンなら、誰でもそうだろうな。いや、古丹本人が一番北海道に居たがっているのかもしれない」

松村は頷いた。時間は過ぎて行く。

「そろそろ、搭乗手続きをしないと間に合わないぞ」

「ああ」

釧路空港は、一階のカウンターで手続きを済ませ、二階の出発ロビーで機内への案内を待つようになっている。天野はとりあえず、搭乗手続きだけは済ませて来た。時計を見る。じきに機内への乗り込みが始まるだろう。勿論、古丹との約束の時間は、とうに過ぎている。

「来ないみたいだな」

天野は言った。

「ああ……」

松村は、意味もなくそわそわしている。

「仕方がない。行くか。世話になったな」

「行っちまうんだな。今度は、もっとゆっくりして行けよな」

「そう湿っぽい顔をするな。近いうちに、また来るよ。たまには電話でもよこせ」

「ああ。それじゃあ……」

天野は、ハイジャック防止のチェックを受け二階のロビーへ入った。

古丹は来なかったな……。松村と別れたこともあって、天野は言いようのない淋しさを感じていた。

古丹神人。誰も彼を縛ることはできない。彼にとっては、約束すらちっぽけなことなんだ。天野はそう思った。

機内は空《す》いていた。

北海道を去る。そして東京へ。天野は、なぜか、うんざりとした気分になった。それは、旅が終わる時にいつでも付きまとう、あの独特の心情だったのかもしれない。

「それどころではないだろう」

天野は、その感情を押しのけて考えた。

「この北海道で見てきた古丹神人の人気というのは、今まで我々が経験したことのないものだった。マスメディアや東京の文化の介在を全く許さずに、しかも強力に広がったブームだった」

何か、全く新しいうごめきが生まれつつあるのかもしれない。そう思うと、天野は、またしても熱い固まりを胸の中に感じるのだった。

# 南国風雲《なんごくふううん》

## 1

どこを見ても、花が咲いている。そんな風景だった。遠くに、暖かい色の海が輝きながら横たわっている。日本中が真冬だというのに、ここだけは違っていた。

都市化が進みつつあるとは言うものの、この二月の沖縄には、南の島に寄せるあののんびりとした波のリズムが生きていた。

その沖縄の白い陽光の中を、ひょこひょこと長い棒のようなものを持って歩く老人がいた。茶色く色あせた墨染めの僧衣が、柔らかな風に、スローモーションのようにゆらゆらと揺れている。

木喰は、十月の末に北海道で古丹神人と会い、その後、どこをどう旅して来たのか、三ヵ月も経ったある日、ひょっこりと、この南の島へ姿を現したのだった。

沖縄本島から、さらにはるか南方、ここは石垣島だった。

あの厳しい北海道の原始林の中を駆け回った同じ足とはとても思えぬのんびりした

歩みで、木喰は乾いた日ざしの中を歩いていた。

どこまでも青い空の下、遠くから幻聴のように、鋭い気合いが聞こえてくる。しかし、その気合いもゆったりとした風景の中に溶け込んでしまいそうだ。

遠くの原っぱの上で、白い道衣を身に着けた一群の人々が動いている。気合いはそこから響いて来るのだった。空手の練習をしているようだが、この青空の下、緑の上でその様子を見ると、いかにものどかな運動をしているように見える。勿論、間近で見ると、汗が飛び散り、あえぐような苦しい息づかいが聞こえるのに違いない。皆、この風のリズムのせいなのだ。

木喰は、どうやら、その一群の人々に向かって歩いているようだった。白い鬚に隠れた唇には微笑を浮かべているらしい。散歩を楽しんでいるといった風情だ。

空手の練習は、基本の受けや、突き、蹴りを終えたところだった。全部で十数人ほどだが、黒帯が三人、茶帯が五人で、残りは緑帯や白帯、つまり初心者クラスだった。

空手の基本練習の立ち方は、流派によって異なり、前屈立ちか三戦《サンチン》立ちか、大きく分けてこの二系統がある。この道場では、三戦立ちで受けや突きの練習をしていた。

木喰は、草原に腰を降ろすと、なつかしそうな眼で、若者たちの姿を眺めていた。

「砕破《サイファ》の型、用意」

四列に整列した空手衣の若者たちは、号令に従って、砕破《サイファ》の型の演武を始めた。この型は小さな足運びで手技を主としている。一口に空手と言っても、新旧様々な流派があり、それによって重視する型も違えば型そのものの解釈も異なり、微妙に動きや形態が変わってくる。

型というのは、ただパターンにそって体を動かしているだけのように見えるが、初心者と上級者の差は型を見れば一目で判ってしまう。そして、型というのは見た目よりずっと体力を使う。型は、空手の動きと技の凝縮であり、生きた虎の巻なのだ。

型を何度も演ずる彼らの全身から汗が玉となって噴き出してきた。

「よし、組手だ。茶帯以上は、こっちへ並べ」

黒帯の男が言う。大きく深呼吸しながら、一団は、左右二列に分かれた。

「礼」の一声で、自由組手が始まった。要するに殴り合いだ。蹴り技は少なく、手技が主だった。流派の特徴なのだろう。やや腰が高く、受けの時に相手の突きを巻き込むような独特の手の動きを見せている。

木喰は、長い間飽きもせずに、その練習を眺めていた。

鋭い気合いとともに追い突きを食わせる。一瞬早く足を引いた相手は、受けると同時に、迎え突きを決める。一撃々々が重い、空手ならではの攻防が繰り広げられていた。

気付かぬうちに、日は西の空に傾きかけていた。木喰は居眠りをしているようにすら見えた。

「ようし、一休みだ」

黒帯の一人が声を掛ける。皆、笑顔を見せて、円を描くように草原に腰を降ろした。白帯の腕やすねが赤く腫れ上がっているのが痛々しいが、当人たちは全く気にしていないようだ。日本の武道に付きまとう、一種悲壮なイメージがここには全くなかった。

木喰はひょいと立ち上がると、談笑している一団に歩み寄った。この風土の中では、木喰の風体すらも自然に見えるから不思議だ。近づきつつある木喰に対して、怪しむような素振りをした者は一人もいなかった。

「お坊さん。散歩の途中にしては、ずいぶん長いこと俺たちの練習を見てたね」

黒帯の男が、底抜けに陽気な声で語り掛けて来た。

「いや、あまり皆が元気がよいので、この年寄りは見とれておったわ」

誰もが明るい笑顔を見せている。この屈託のなさは、石垣島の風土に培われたものだろう。

「どうじゃな。ひとつ、この年寄りに空手の手ほどきをしてくださらんかな」

木喰は一同にそう言った。

「お坊さんにかい。あまり無理をすると、体に響くよ」

木喰は、ほほほと甲高い声で笑った。

「違いない。人間、年には勝てんて。じゃが、このわしも、若い頃には鍛えたものじゃ。誰かお相手をしてくださらんか」

一同は黒帯の一人の顔を見た。それが師範代らしい。

「お坊さんがそう言うなら……。ただ、くれぐれも無理はせんでくださいよ」

笑顔のままで彼は言った。その笑顔には、何のかげりも下心もなかった。

「おい、お前、稽古をつけていただけ」

黒帯の男は、茶帯を締めた若い男に言った。白帯だと、うまく制御が利かず、この老人に危害を加える恐れがあるし、かと言って黒帯が相手をすることもない。通りすがりの物好きな老人の遊びの相手をすればいいのだ。彼は、そう判断したに違いない。

「オスッ」

茶帯の男は、一気に立ち上がった。

「これはありがたい。年寄り坊主の運動のお相手をしてくださるか」

そう言いながら木喰は、錫杖を地面に置いて、円陣の中に歩み出た。茶帯の男も進み出た。二人を囲んでいる者たちは、なごやかな笑顔を絶やさなかった。

二人は、一礼して、互いに間合いを測った。茶帯の男は、さすがに木喰の様子を見て、受けに回る姿勢でいた。白髪白鬚の老人相手では、誰もがそうするだろう。しかも、これは、いわば彼らの練習の中の余興に過ぎなかったのだ。

木喰の相手は完全に油断していた。空手の茶帯といえば、素人はとうていかないもしない実力がある。周りにいる誰もが安心しきっていた。

だが、次の瞬間、信じられぬ事が起こった。あっという間に、茶帯の男がもんどり打って地に転がったのだ。木喰は、ほんの一歩の距離移動をして、体を入れ替えただけだった。

周りに居た連中は、何が起こったのか、全く判らなかった。倒された当の茶帯は、狐につままれたようにポカンとした顔で木喰を見上げていた。

周囲の連中の顔に笑顔が貼りついたまま、一瞬緊張が走った。それを破ったのは、師範代の大きな笑い声だった。

「どうした、どうした。いい若い者《もん》がだらしがないじゃないか」

その一声で、一同はなごやかさを取り戻した。あちら、こちらから掛け声が飛び交う。木喰は、目を細めて笑っていた。

「油断しました。このお坊さん、なかなかやりますよ」

茶帯は起き上がりながら言った。

「そら、我が道場の面目にかけても頑張れ」

師範代が冗談混じりで言う。

「オス」と一声吠えると、茶帯は、深く構えを取った。片手を顔面の前方に突き出し、もう片方の手を、腹の前に置いている。本気の構え方だった。

木喰は、相変わらず、にこにこと笑みを漏らしながら、棒立ちのままだった。

「気を付けろ。お前がさっき倒されたのは、足払いの技だ」

黒帯が声を掛けた。木喰は、ほう、という顔でその黒帯を見た。さすがに、黒帯ともなるとよく見ている。

その一瞬の木喰の隙をついて、茶帯の男は気合いとともに、中段の突きを繰り出して来た。さすがに素晴らしいスピードだった。誰もが決まりだと思った。むしろ、寸止めができるか、という方へ皆の関心が払われたほどだった。

次の瞬間、二人の体が重なったと思うと、茶帯はガクリと片膝を地についた。相手の突きを払うと同時に、木喰は縦拳《たてけん》を、水月《みずおち》に決めていたのだ。その時の木喰の姿勢は、前足の膝を深く曲げ、後ろへ引いた足を張る空手で言う前屈立ち、中国拳法で言う弓箭歩《きゅうせんほ》という姿勢だった。

周りで、ほう、という感嘆の声が上がった。

「どうやら、本気で立ち向かっていいようだぞ」

黒帯が、木喰の相手に冷やかし半分で声を掛ける。遊びと言っても、二度まで倒された本人にとっては、笑い事ではない。

彼は起き上がるなり、前蹴りを木喰目掛けて飛ばしてきた。わずかに、左方に足を開いて、木喰はそれをかわす。続いて茶帯の男は、二本三本と続いて突きを繰り出して来た。くるり、くるりと円を描く足運びで木喰はそれを間一髪のところでかわしてゆく。

この見切りができれば、武術家としては一流だ。相手の攻撃に対する恐怖心を殺し、一撃々々を冷静に見ている証拠なのだ。

木喰の両手は、歌舞伎役者が見得を切る時のように、両肩の上で開かれている。何度目かの突きをかわした時、木喰はそのまま後方へターンし、相手の脇へピタリと身を寄せ、電光のように素疾《すばや》い一撃を相手の顔面目掛けて発していた。伸ばした指の先を、何かをつまむように合わせた、中国拳法でよく使用される鉤手《こうしゅ》という拳だ。その手が、相手の顔面のほんの数ミリ手前で止まった。

「それまで」

鋭い声が飛んだ。師範代の声だった。

「恐れ入りました。大変な使い手でいらっしゃる。どうやら茶帯では相手不足のようですな」

「なんの、こちらがあまりにヨボヨボなもので、そちらに油断があっただけのこと」

木喰は、相変わらずの笑顔のまま言った。

「黒帯のお相手をしていただけませんか」

師範代は、どうやら引っ込みがつかなくなった様子だった。

「おやおや、年寄りの道楽に、黒帯の方々までがお付き合いくださるか」

「次、お前行け」

体中、ゴツゴツとした岩のような黒帯が、「オス」と言って立ち上がった。

さすがに今度は警戒しているようだ。両の掌を開き、片手を頭上にかかげ、片手を腰の前方に置く、いわゆる天地の構えで、相手は木喰の様子を窺ってきた。

しばらく、二人は睨み合ったままだった。周囲はいつしか緊張に包まれていた。

木喰の目が光り始めた。睨み合いの場合、先に相手に呑まれた方が、こらえ切れずに先手を取る。もう、その瞬間に勝負は決まっているのだ。相手の黒帯は、完全に木喰に位負けしていた。

「チェーッ」

鋭い気合いとともに、彼は突っ込んできた。しかし、さすがに黒帯だけあって、技がうまくセーブされており、腰が流れるようなことはなかった。

彼は、次々と連続技を繰り出してきた。左右の突きから前蹴りへ、前蹴りから横蹴り、回し蹴りと、それは見事な速攻だった。しかし、木喰は、影のようにくるくるとそれをかわしていった。

突然、木喰は両足を開き、体を深く沈めた。と思うと相手が蹴ってきたその足をすくい上げ、同時に、相手の軸足を、草を刈るように足で払っていた。

相手の体は、腰の高さまで宙に浮き、それからもろに地面に叩きつけられた。

周囲から拍手が起こる。この開放的な雰囲気は、日本古来の武道にはないさわやかさがあった。

「次、行け」

新たな黒帯が、立ち上がるなり突進して来た。木喰は、丁度その男に背を向けていた。空手は、背であろうが、脇であろうが、とにかく身体に一撃を加えてしまえば、その破壊力で相手をKOすることができる。したがって、後ろから攻めようが、横から攻めようが卑怯ということはない。後ろに一撃を食らうのも油断だ、という訳だ。

切れ味の良さそうな貫《ぬ》き手が、木喰の背後を襲った。貫《ぬ》き手は近代空手では禁手となっているほど強力な技だ。

木喰は、後ろも見ずに空中に飛び上がった。飛び上がりざまに、踏み切った足を内回しに振る。その足が大きく回転して、後ろから迫っていた相手の横面を捉えていた。

相手は二メートルもふっ飛んだ。木喰は、丁度、宙で一回転する形で着地する。

「参ったあ」

草に顔を埋ずめたまま、黒帯の男は哀れな声を上げる。木喰の大技に対する感嘆と、その声に対する爆笑が入り混じった。

「ほう。旋風脚ですな」

師範代は目を大きくして言った。

「どうです。今度は、この師範代と一番」

道場の者たちは、一瞬目を輝かせた。

「いや、もう勘弁してくだされ」

木喰は言った。

「年甲斐もなく暴れたので、ほれ、この通り息も絶えだえじゃ」

師範代は、事を荒だてまいとする木喰の心を読み取って頷いた。

「いや、我々もいい勉強をさせてもらいました。お見受けするところ、北派の中国拳法のようですが……」

「何であるか、このわしにも判りゃせんのですわ」

おどけるように木喰は言った。

「もとはと言えば、我々の空手も中国の少林寺で生まれた拳法が祖、という説もあります。もっとも、我々の流派の型には、南派の中国拳法の伝統が多く残っていますが」

「そのようですな。実を申せば、拙僧が若い頃学んだのは、北派の中でも有名な羅漢拳と申す拳法」

「なるほど。聞いたことがあります。羅漢拳の技は、日本の少林寺拳法にも伝えられていて、今でもその名が使われているとか……」

一同は、思いがけず聞くことができた武道の話題に聞き入っていた。

「ところで」

木喰は遠くを眺めるような顔で言った。

「風の便りによりますと、滅法腕が立つ御人が、お前様がたの道場におられたそうじゃが……」

「誰のことかな。うちの者は、皆腕が立ちますからなあ」

黒帯の師範代がそう言うと、一同は、どっと笑った。

「どうしても、お前様がたの流派に馴染《なじ》まず、道場を出られたそうじゃが……」

「思い出した」

円陣の中に居た黒帯の一人が声を上げた。

「どうした。何を思い出したのだ」

師範代が尋ねた。その黒帯の男は熱っぽく語り始めた。

「誰かの技に似ているとずっとさっきから気になってたんです。いや、このお坊さんの技が、ですがね。そして、今の話を聞いて思い出したのです」

「ほう」と師範代が目を細める。

「比嘉《ひが》ですよ、比嘉」

「そう言われても、この沖縄ではどこを見ても比嘉だらけだ。この中にも比嘉は三人も居る。第一、この道場の師範の名も比嘉だぞ」

師範代にそう言われ、黒帯はじれったそうに続けた。

「その比嘉です。比嘉隆晶《りゆうしよう》ですよ」

「おお、師範の息子さんか」

「そうです。今のお坊さんの技、そっくりでした。今の技が羅漢拳というのなら、まさに、彼がやっていたのは羅漢拳だった」

「その比嘉隆晶殿といわれるのは……」

木喰は師範代に訊いた。

「いえね。この道場主の息子さんなんですがね。そういえば、彼の技はお坊さんの技にそっくりだった。どこで覚えたんだろうな。小さい頃から、師範に手取り足取りうちの流派を教えられていたし、他の流派のことなんて、知ってる筈ないんですが。とにかくやたら強かった。まず、あんなに強い人間は滅多に居ませんね。しかし、おかしな体の動きや技を使うので、師範の怒りを買いましてね」

「彼は、これが一番合理的なのだ、と言って譲りませんでした。俺は、それが彼独特の癖だと思っていたんですが、今の話を聞いて改めて考えると、あれは羅漢拳という拳法だったんですね」

先程の黒帯が言った。

中国拳法には、細かな手技を得意とする南派と、体中バネのように使い、足も手も伸びのびと使用する北派とがある。羅漢拳というのは、その北派の代表的でポピュラーな流派だった。

「おまけに、本人はジャズに夢中になって、ついに家を出ちまったんですよ」

師範代が、やれやれだ、といった顔をして言った。木喰は、遠くを見ていたような眼を急に近くに引き寄せた。

「ジャズ……」

彼は口の中で呟いてから、師範代に尋ねた。

「して、その比嘉様は、今どこに……」

「コザへ行って、ジャズドラムを叩いています」

「凄いんですよ」

白帯を締めた若者が目を輝かせて言った。

「今、沖縄じゃ彼は大人気なんだ。彼のドラムに誰もが夢中なんです」

「ほう」と言って木喰は師範代を見た。

「そういう訳です。今、彼の叩くドラムは、沖縄中の音楽の話題の中心なんです。ま、私は師範の手前、あまりそういうことを言えん立場にあるのですが、勿論、私だって彼のファンの一人です」

木喰は深く何かを考え込んだようだった。日が、西の水平線に落ちかかっていた。

やがて師範代が立ち上がって言った。

「さあて、今日は、これで終わりにしよう」

皆、立ち上がって「オス」と挨拶をする。

「いい稽古をさせてもらいました」

師範代は木喰に言った。一同は「ありがとうございました」と口々に言う。

「なんの、こちらこそ久々にいい運動をさせてもらったわ」

「では、失礼します。それ、道場までランニングだ」

一同は走り去った。

残された木喰は、一人夕日を眺めながら考え事をしていた。沖縄でブームを巻き起こしているジャズドラマーの噂は、当然木喰の耳に入っていた。そして、類稀《たぐいまれ》な拳法の達人という噂の人物が、それと同一人物であることを納得するのに、それほど時間はかからなかった。

話を聞いてみると、その比嘉隆晶という男の拳法技は持って生まれた癖のようなものらしい。おそらく本人も、羅漢拳と呼ばれる中国拳法に似ているなどとは知らずに、それを使っているのだろう。

「またしても、ジャズ……。古丹神人様、今しばらく、お待ちくだされ」

木喰は、そう呟いた。

2

横文字のネオンサインが原色の光を交叉させている。コザの街に夜の臭いがたち込め始めた。二メートルもある米兵たちが、傍若無人な笑い声を上げて通り過ぎてゆく。

そんな街の一角にあるクラブから、ジャズが聞こえてきた。なつかしいハードバップのエネルギッシュな演奏だ。古いレコードのようだが、その店にはいかにも似合いだった。確かに、その店やこの街には、軽薄なクロスオーバーのサウンドは似つかわしくはなかった。

店の中は広くはなかったが、客は思い思いの恰好で適当にくつろいでいるようだった。白人もいれば黒人もいる。ただ、彼らは互いに決して同じテーブルに着こうとはしなかった。勿論、日本人もいる。

ほんの小さなステージがあり、ピアノ、ドラムセット、ベースが無造作に置かれているが、演奏者は特におらず明かりが消えていた。興が乗れば、客の中からステージに上がる者が出てきて、ジャム・セッションが始まるのだろう。今は、なつかしいサウンドのレコードが回っているだけだった。

カウンターやボックスから、次々とリクエストの声が掛かり、レコードは次から次へと掛け変えられてゆく。

時間が経つにつれて、店は次第に混み始め、ボックス席もだいたい埋まり、カウンターもいっぱいになった。席の中は、談笑の声で満たされる。

その頃から、客たちはしきりに戸口の方を気にし始めた。店の入口の戸を開けて、ステージをのぞき込み、そのまま出て行く客も何人かいた。何かを期待しているのだ。

木喰はそこにいた。

異形の僧が、こんな酒場にいるのは全くおかしな風景だったが、アルコールが入るにつれ、誰も気にしなくなっていった。第一、木喰は気配を殺し、隅っこにうずくまるようにしているのだから、それは置き物の人形のようなものだった。

店の中は、得体の知れない熱っぽさが満ちて来た。客たちはちらちらと時計を見たり、入口のドアを見たりしている。

「ねえ、きょうは来ないの、彼」

カウンターにいた男が、バーテンダーに尋ねた。

「さあね。別にうちも出演を契約している訳じゃないし……。彼もお客さんだからね」

「仕方がないなあ……。おい、代わりに誰かやらないか」

その男はステージを指差して顔見知りの男たちに言った。一瞬ガヤガヤと店内のあちらこちらで勧め合いが始まる。

「よし、それじゃあ、俺が前座を務めるか。誰か、ベースとドラムを頼む」

そう言いながら、三十四、五のやせた男が立ち上がった。客の中から、拍手と口笛が湧き起こる。

よし、と言いながら、太った男と小柄な男が立ち上がった。やせた男がステージに上がりピアノに着いた。太った男がベース、小柄な男がドラムをそれぞれ担当する。三人とも常連らしい。ステージにライトが点《つ》いた。客たちは、口笛と掛け声を飛ばしている。

三人は、短く打ち合わせをして、曲目を決めた。ドラムのカウントで、ぴったりと三人はボサノバのリズムを演奏し始めた。ドラムは軽やかにリズムをキープする。

イントロに続いて、ピアノは「イパネマの娘」のテーマをワンコーラス入れ、軽いアドリブを取り始める。高度なテクニックではないが、なかなか粋なソロだった。ベースも、軽過ぎずもたつかず、シンコペーションを弾《はじ》き出している。

プロ並みの腕だった。

一曲終わると、別な客が立ち上がってベーシストが交代した。驚くほどの音楽レベルの高さだった。

何曲目かの途中で、急に店の中が騒がしくなった。入口に一人の男が姿を現したのだ。

その男は、背はそれほど高くなく、肩幅も胸板も際立って逞しいという訳ではなかった。にもかかわらず、なぜか、その全体はバネのようなイメージがあった。肩から腕にかけて、効率の良さそうなしなやかな筋肉がびっしりと貼り着いている感じだ。

短か目に刈ったチリチリの髪が、頭全体を包んでいた。その目は、柔和に細められていて、目尻に何本かしわができている。そうするのが癖なのだろう。

ステージの演奏は中断していた。楽器を演奏していた客も、それどころではないといった様子だった。

「よう、隆晶。遅かったじゃないか」

「隆晶。待ってたぞ、何してたんだ」

店中のあちらこちらから、そんな声が一斉に浴びせられた。

「そう言うな。他の店でも呼び止められて、今、一発演奏《や》って来たところだ」

目尻にしわを寄せる笑いを浮かべながらその男は言った。

「ヘーイ、リュウショウ。ゲットオン」

米兵からも声が掛かる。

「隆晶。演奏《や》ってくれよ。皆、待ってたんだ」

「ゴーライタァヘッ」

石のように沈黙していた木喰が、その時、にわかに口を開いて隣りに居た四十前後の男に尋ねた。

「あの若者は誰ですかな」

「知らんのですか。ははあ、沖縄の方じゃありませんな。あれが今、沖縄中で人気の的の比嘉隆晶ですよ」

その男は、まるでティーンエイジャーのように浮きうきした様子で自慢げに言った。

「ほう」

そう呟いた木喰は、目を細めて戸口に立っている二十代後半の男を見つめた。

店中は大騒ぎだった。皆、ステージを指差して比嘉にプレイを求めていた。

「ちょっと待ってくれ。ビールを一杯飲ませてくれよ」

そう言って比嘉はカウンターに立ち寄った。バーテンダーは、ジョッキになみなみと注いだビールと、太いドラムのスティックを十本ほど束ねて比嘉に突き出した。

「何だい、これ」

比嘉がバーテンダーに尋ねた。

「思う存分やって、何本でも叩き折ってくれって訳さ」

それを聞いて、比嘉は苦笑した。

一気にジョッキのビールを空ける。店の客は喚声を上げた。

「ようし」

比嘉は、束ねたスティックを鷲づかみにしてステージに歩み寄る。バーテンダーが笑顔でウインクを投げた。

「さあて、俺の出番はもうねえや」

ドラムに坐っていた小柄な男が客席へ戻る。それに代わって、比嘉隆晶がドラムセットに腰を降ろす。店の中は口笛、指笛、喚声でいっぱいになった。相変わらず、比嘉はにこにこと目を細くしている。

皮の張り具合を軽く確め、ハイハットを踏み鳴らす。スネアドラムとタムタムの位置を正しネジを固く締め直すと、彼はスティックの束をばらして、その中から二本取り上げた。

軽く振ってみたり、先を点検して割れていないか調べたりしている。

客は、その一挙一動に注目している。

用意ができたようだ。比嘉は、ドラムセットに覆いかぶさるように構える。さほど大きくない体が急に一回り大きく見えてきた。

「いくよ。せーのッ」

二本のスティックが、スネアに振り降ろされる。思わず数人の客が腰を浮かせて飛び上がった。

スティックは、細かく振動しながら、スネアからタムタム、フロアタムへと移動してゆく。マシンガンのように、高低の音の弾丸が絶え間なく放射された。

手を細かく動かしながら、バスドラムでアクセントを踏み鳴らす。徐々にそのバスドラムが強く、早くなっていったかと思うと、突然右手が翻ってトップシンバルを強打した。

それを合図に、両手はドラムセット中を疾走し始める。スティックは、空中で大きく、小さく、多彩な円を描いてトップシンバル、サイドシンバル、スネア、タムタム、フロアタムと振り降ろされていく。

右足では、絶えずリズミカルにバスドラムを踏み鳴らし、左足では思いがけない時にハイハットを鳴らす。

強烈な音で、店中がびりびりと震えていた。スティック自体が猛然と躍り狂っているように見える。いや、もはやスティックの動きは疾過《はやす》ぎて目に止まらなくなっていた。

比嘉は、うつむき加減のまま上体を固定させていた。四肢だけが超スピードで躍動し、スティックが、シンバルを打つ瞬間だけ、上目使いに、その視線がスティックの動きを追った。野獣が、獲物を狙う時の目つきだ。

次第に、シンバルとスネア、バスドラムとタムタムといったドラムの中のリズムの相関関係が崩れてきた。四肢が、それぞれ勝手に躍動し始めたように見える。相変わらず全力疾走のままだ。

シンバルの後ろへバスドラムが回り込んだと思ったら、スネアとフロアタムが、バスドラムの裏へ裏へと入って行く。全く自由自在にリズムがうねり始めた。それでいて、アクセントと思われるところで、ハイハットが叫び声を上げるのだ。

沖縄の島唄で培われた複合《ポリ》リズムだった。複雑にリズムが絡み合い、それでいて前方へ全力疾走している感じだ。ビートを数えるというリズムの概念はそこには介在せず、比嘉自身の生理リズムが、ドラムセットを通して強烈に飛び出してきているのだ。

客は腹の底から揺さ振られていた。ビートに合わせて乗る、などという生易しいものではない。腹の奥からどす黒いものが突き上げてくるような感じなのだ。ある黒人は比嘉のバスドラムに反応し、バスドラムが鳴るたびに、上体をバネのように動かしていた。ある客はシンバルの音に、ある客はフロアタムにとそれぞれ反応していた。

一瞬の絶え間もなく、ドラムは力の限りの叫び声を上げ続けていた。比嘉の両手は猛スピードで大小の円を宙に描き出している。

その円の中から、何かが飛び出た。ライトを浴びて白く空中に浮き出たそれは、最前列の客の膝許に落ちた。スティックの破片だった。

比嘉の右手は円の運動を崩さないまま、フロアタムの横手に積んであったスティックを一本抜き取る。

比嘉の目が閉じられ、顔が上を向き始めた。ラストスパートだ。

充分に熱くなっていた客は、さらに比嘉の攻撃が激しくなってゆくことを悟り、声を上げ始める。

ドラムの音と、客のどす黒い喚声が激しく交叉する。

比嘉の全身から、汗が玉になって飛び散る。スネアが叫び、バスドラムが爆発し、シンバルが炸裂した。

再び右手のスティックが折れる。しかし、ドラムの音には一瞬の絶え間もない。床を震わせていたバスドラムの音が異様な響き方をしたまま止んでしまった。ついに、バスドラムの皮が破けたのだ。

それでも演奏は止まらない。最後のクライマックスへと、何の躊躇もなく突き進んでゆく。

トップシンバルと、タムタムを連打、連打、さらにしつこく連打。比嘉は歯をむき出す。最後に、スネア、タムタム、フロアタム、とスティックが流れ、ハイハットの一打で演奏が終わった。

とたんに客が爆発する。

拍手、喚声、指笛。全員、立ち上がっている。

比嘉隆晶は、肩で大きく息をしながら笑顔で汗を拭く。拍手と喚声は、狭い店の中でいつまでも鳴り止もうとはしなかった。

ガチャン。

店の隅で、ガラスの割れる音がした。続いて訳の判らない罵声が響く。拍手と喚声は一瞬にして消え去った。

見ると、黒人と白人の米兵が睨み合って立っている。二人とも、かなりアルコールが入っているようだ。何が起こったのか判らないが、二人は今にもつかみかからんばかりの物凄い形相だった。

客たちは立ったまま、「またか」という顔をしていた。比嘉は黙ってドラムセットに腰を降ろしたままだ。その口許にはうすら笑いさえ浮かべている。

「外《アウトサイド》へ出ろ」

食いしばった歯の間から押し出すように白人は言った。二人とも二メートルを超すと思われる巨漢だ。

誰も止めに入ろうとする者はいなかった。当り前だ。米兵同士の喧嘩のとばっちりを食うなど、どう考えても割に合わない。周囲の米兵たちは、白人は黒人のグループを、黒人は白人のグループを牽制《けんせい》しながらニヤニヤと笑っていた。

二人は腕に覚えがあるらしく、互いに相手を窺いながら表へ出た。

出るなり、殴り合いが始まった。

ボクシングスタイルでやり合う二人はなかなか様になっていたが、勝負はあっという間に決まっていた。

唇を切った白人が、道路に崩れるように腰をついて、黒人を見上げていた。

「俺は、こいつのプロなんだぜ」

拳を突き出して、黒人は言った。なるほど、彼のボクシングは一流の腕前だった。

「畜生《ガッデーム》」

白人は、腰に手をやり、隠し持っていた拳銃を抜き出した。狙いをぴたりと黒人の眉間に付ける。黒人がボクシングのプロなら、こちらは、拳銃のプロらしかった。

黒人はその場で動けなくなった。お定まりのやり取りとは言っても、人命に関わることだ。

しかし、次の瞬間、白人の米兵の手から、銃が消えていた。二人は、いったい何が起こったのか判らなかった。

誰かが拳銃を蹴り飛ばしたのだった。それは、比嘉の拳法技だった。

「喧嘩をするのは、勝手だが……」

比嘉は、鮮やかな英語で言った。

「俺の演奏の邪魔だけはせんでくれ」

白人が跳ね起きた。相手がチビの日本人と見て、恰好な腹いせの獲物だと思い込んだのだろう。見事なスピードで、ワンツーを打ち込んで来た。

しかし、そのパンチは比嘉には届かなかった。相手のパンチのほんの数ミリ手前でかわしているのだ。

唸《うな》り声を上げて、白人は滅茶苦茶に腕を振り回し比嘉を追っかけた。比嘉は円を描くような軽い足さばきで、くるくるとそれを避けて行った。

面倒臭げに、比嘉はひょいと左足で相手が打ち込んで来た右腕を蹴り上げた。

相手は、悲鳴を上げた。手がしびれてしまったようだ。比嘉は、正確に肘《ひじ》の急所に蹴りを入れたのだ。

「カラテか」

突っ立ったまま、二人の様子を見ていた黒人は、そう言うなり、さっとボクシングの構えを取った。

「俺のボクシングに、お前のカラテが通用するかな」

比嘉は両手をだらりと垂れたまま、首だけを黒人兵に向けて言った。

「そんな気はない。俺の演奏の邪魔をしてほしくないだけだ」

黒人兵は華麗なフットワークを開始した。

「それに、ぐずぐずしていると、ポリスが来るぞ」

「うるさい。その前に、俺と勝負するんだ」

そう叫ぶなり、黒人兵は飛び込んで来た。見事なスピードとフットワークだった。

軽四輪と、ダンプカーが喧嘩をしているように見えるほど、二人の体格にも差があった。

相手の腰のあたりから、唸りを上げてアッパーカットが比嘉目掛けて飛んで来た。

次の瞬間、比嘉の姿が消えた。少なくとも、黒人兵にはそう見えた。周りで見ていた野次馬は、どよめいた。

比嘉は黒人兵の背後にいた。野次馬にもわからぬ程の足さばきで、相手のパンチを避けると同時に背後に回り込んだのだ。

「判ってくれよ」

そう比嘉に声を掛けられて、黒人兵は飛び上がった。きょろきょろと、相手の姿を探していたのだ。

さすがに格闘技のプロだけあって、相手の力がどれほどのものか、彼は悟ったようだ。馬鹿ではないらしい。

「オーケイ、判った。もう邪魔はしない。第一、俺もあんたのファンなんだぜ」

負け惜しみとも取れるような笑いを浮かべ、そう言うと黒人兵は、慌ててその場から去って行った。

白人兵も、唾を吐き棄てると走り去った。野次馬たちは、喚声を上げる。

店に戻った比嘉は、ステージに登りながら客に言った。

「さあ、気分を直してくれ。今夜は、もう一発サービスするから」

客は、声を上げてそれを歓迎した。店の者がバスドラムの皮を張り替えている。

散って行った野次馬の中で、木喰が突っ立ったまま残っていた。彼はいつの間にか店を出て、今までの米兵と比嘉のやり取りを見つめていたのだ。

「羅漢拳か……」

ぽつりと、彼は呟いた。

3

せせこましい街々の雑踏を離れ、名も知らぬ海岸へ来ると、とたんに南国の波のリズムが甦ってくる。

乾いた陽光が、真白い砂の上で揺れる波にまぶしく輝いている。目の前には、目を洗うほどに青い海が広がり、振り返ると濃い緑の中に赤や白の花が咲いている。

海岸が見渡せる小高い丘に、ひとりの若者がぽつねんと坐っている。何もせず、ただ海と白い砂を眺めているのだ。その体は、完全に風と波が作り出す柔らかいリズムに溶け込んでいる。

何時間も彼は、そこにそうしているようだった。

その比嘉の横手に、ゆっくりと影が伸びて来た。誰かが、音もなくその背後に歩み寄ったのだ。その影の袖のあたりが、風に揺れている。

「お坊さんかい」

比嘉は、振り向きもせずに言った。何の警戒心も無い、開けっ広げの声だった。

「ほう」比嘉の背に立った木喰は言った。

「振り向きもせずに、よくお判りになられましたな」

比嘉は、相変わらず、波のきらめきを見ながら言った。

「判るさ」

緑の中に溶けてしまいそうな柔らかい声だった。

「影で、お坊さんの着ている僧衣が判ったし、それに……」

「それに？」

「やたらに気配を絶って、人の後ろに近づくもんじゃないよ」

そう言われて、木喰は笑顔を見せて言った。

「これは失礼いたした。いや、比嘉様の瞑想のお邪魔をしてはいかんと思いましてな」

比嘉は相変わらず海を見たままだった。怪僧の口から自分の名が出されたことに対しても、何の疑いも持たない様子だ。

コザでの演奏の時、すでに木喰のことを認識していたようだ。

「そんなことをしたら余計に気になる。第一、俺は瞑想などしていなかった。ただ、波の声を聞いていただけだ」

「なるほど」

木喰は頷いて、比嘉の横に並んで腰を降ろした。

　二人は、そのまま黙って海を眺めていた。他人が見たら、日向ぼっこでもしながら世間話をしているように見える光景だった。

風が木喰の白髪をすいてゆく。比嘉は、木喰が何をしにやって来たかを尋ねようともしなかった。まるで、何年も前から二人でそこにそうしているかのような顔をしていた。

目を細めて海岸を眺めながら、突然、比嘉はぽつりと口を開いた。

「迎えに来たね。俺のことを」

木喰は、黙ったままだった。

「誘いに来たんだろう。お坊さんは」

木喰は、ゆっくりと比嘉を見た。まぶしそうな目をしている。比嘉の目は、目前に広がる沖縄の海と全く同じように澄み渡り、暖かい光を宿していた。

「その通りでございます」木喰は言った。

「どうして拙僧がお迎えに参ったことがお判りなのですかな」

そう問われ、比嘉はしばらく間を置いて言った。何かをしばし考え込んだらしいが、その声には、何の感情も感じられなかった。

「波が教えてくれたのさ」

「ほう……波が……」

「そう。こうして波の声を聞いている時にね。誰かが俺を迎えに来ると彼らは教えてくれた」

「いかにも拙僧は、お誘いに参りました」

「コザで見かけた時に、ピンと来たよ」

「なるほど……」

「だけど俺は行きたくないよ。どこへもね。あんたが、どこへ連れて行こうとしているか知らないけど、俺は、この沖縄の中でフラフラしながら波の声を聞いて暮らしていたいんだ」

彼の目は、波のきらめきを映していた。

「お仲間が、比嘉様をお待ちになっておられます」

「仲間ならここにいる。この沖縄にな」

「それは人の世でのことでござりましょう」

比嘉はようやく、その目に意識的な光を宿した。

「お坊さんの言う仲間というのは、人間ではないと言うのか」

「人にあって、人にあらず」

「人であって、人でない？　何だいそれは」

「今は、それだけを申し上げておきましょう。それは紛《まぎ》れもなく比嘉様のお仲間の筈《はず》」

「俺も人であって、人でないと言うのか」

木喰はその問いには、答えず言った。

「古丹神人というピアノ弾きを御存知ですかな」

「古丹……。ああ、聞いている。北海道で凄い人気のどえらいピアニストだというじゃないか」

東京でも知られていない古丹の噂が、北の果てから南の果てまでやって来ていたのだ。本来、風の便りというのは、そういうものなのかもしれない。しかし、それは今までの作られたブームとは完全に異質の人気であることを物語っていた。

何かに気付いたように比嘉は木喰を見て言った。

「その古丹が俺の仲間だと言うのか」

木喰は何も答えなかった。ただ、白い陽光を浴びて微笑んでいるだけだ。

「古丹神人か……」

比嘉は、目を再び海岸に移してそう呟くと、しきりに何事かを考え始めた。じっと波の音を聞いているようでもあった。

「それともうひとつ」

木喰はそう言うと、立ち上がった。

「これを見ていただきたい」

木喰は、「何を始めるのか」という顔で見上げる比嘉の目の前で、空手の型のような演武を始めた。

老人とは思えない体さばきのしなやかさだった。素早く手を返し、拳を打ち込み、蹴ったと思うと、低く体を沈める。運動線は横一直線で、くるくると目まぐるしく体の方向を変えた。

それは、中国拳法の北派に伝わる代表的な流派の拳套《けんとう》だった。拳套とは、空手道でいう型のことだ。

はじめは、ぽかんとした顔で木喰の演ずる拳套を眺めていた比嘉だったが、次第にその顔に驚愕の色が浮かび始めた。

木喰は、北派の代表的な大技である旋風脚に続き、手刀を打ち込んで、両手を顔まで上げ何かを押し下げるように両脇に下ろすと、三十九動のすべての動作を終えた。

「教えてくれ」

比嘉は少しばかり声を荒げていた。

「それは、何という拳法なのだ」

木喰は、呼吸を整えながら、比嘉の慌てぶりを見ていた。

「俺は、物心つく頃からオヤジに、空手を教えられた。だが俺の体は、その動きにはなじまなかった。生まれつき、ひとつの癖をこの体が覚えているようだったんだ」

「その動きは、今の拳法技によく似ておると言われるのですな」

「そうだ。教えてくれ。どこの流派だ」

木喰は、一言一言を区切るように、ゆっくりと言った。

「北派少林・羅漢拳」

「羅漢拳……」

「今のお話を聞き申して、この木喰は、いよいよ比嘉様をお仲間の許へお連れせねばならないと思い始めました」

「では俺の技も関係あると言うのか」

「それは、御自分で確かめられるのが一番と存じます」

比嘉は、再び体を海に向けて坐り直した。木喰は立ったままだった。比嘉はまた口をつぐんでしまった。じっと海を見つめ、波の音に耳を傾けているようだ。木喰も何も言わずに立っていた。

風が二人の上を流れて行く。

しばらく時が経った。突然、比嘉は言った。

「行こう」

木喰は、ゆっくりとその比嘉の背に目をやる。背を木喰に向けたまま、また先程と同じ感情のない声で比嘉は言った。

「波が、行けと言っている」

桜前線は着々と北上を開始していた。その桜前線を追うように、南の島から旅を続ける異形の僧とドラムのスティックを持った若者という妙な組み合わせの旅人の噂が、南の地方の各地で囁かれ始めた。

# 和敬清寂《わけいせいじやく》

## 1

「もうとても私の手には負えまへん」

　春を迎えるというのに、庭にはうっすらと前夜に降った雪が積もっていた。部屋の中には、炭火が赤く光っている。

　困り果てた顔で言ったのは、六十を過ぎた小柄な男だ。よほど着慣れているらしく、見事に和服を着こなしている。オールバックに固めた髪はほとんど白髪で、眉にも白いものが混じり始めている。

「西崎。君ほどの茶人が、そのようなことを言っては困るじゃないか」

　柔らかい京訛りのアクセントでもう一人の男が言った。西崎と呼ばれた白髪の男より少しばかり若いが、明らかに貫禄はその男のほうが上だった。

「私も、茶の道にお仕えして早五十年が過ぎようとしております。事、お茶に関しては並の御人には遅れを取らぬ自信がございます」

「その通りだ。君は先代から我が家に仕えてきてくれた。この私が若い頃、一から十まで茶について教えてくれたのも君だ」

この男は、遠田《おんだ》流という茶道の流派の家元だった。彼は、飛び石だけが雪を掃かれて顔を出している庭の様子を、障子の間から眺めながらそう言った。

「しかし……」

西崎という男は、正坐して家元に向かったまま言った。

「坊ちゃまは別でございます」

「ほう」家元は、目を静かに西崎に移した。端正に櫛を通された髪、柔和な顔つきは育ちの良さとともに、そのまま彼の性格を物語っているようだった。

「どう別なのかな」

「器が違います」

「ほう、器が……」

家元は少しばかり目を細めた。

「はい。人間には、持って生まれた器がございます。まあ、大抵の人間の器量というのは大同小異。だからこそ、勤勉な人間が勝つのでございます。しかしながら……」

「息子は違うと言うのか」

「はい。私などは、とてもかないません。それは、確かに、知識とか機転とか言い始めれば私は負けてはおりません。しかし、茶の道は、そんなものではございません。坊ちゃまはもう私の手には、とてもとても……」

家元は深く溜息をついて、再び庭に目を遣った。今年の京都は春が遅い。もう桜の蕾もふくらみ始めていい頃だというのに、昨夜は京の街に雪が舞ったのだった。しかし、さすがにその雪も日が高くなるにつれて姿を消してゆく。日差しは、確実に強くなってきているのだ。

「君に預けておけば安心だと思っておったのだがな……」

「もう、坊ちゃまを抑え込める者は当家にはおりません」

「それで、相変わらず、あいつは家を出るつもりでおるのか」

「はい。茶の道に関して全く進歩がないとか、興味を示されないというのでしたら、我々もまだ説得のしようがございますが、なにせ、今、申し上げた通りでございまして……面目ございません」

「おかしな話だな。普通で考えると、まるで逆ではないか。なぜ、あいつは家を出たがるのか、私には全く判《わか》らない」

「全くでございます。それが、まあ、申してみれば器の違いかと……」

「どこが、どのように違うと言うのだ」

「はい……」西崎は、家元と同じく庭を眺め、何事かを思い出すように語り始めた。

「例えば……このようなことがございました」

家元は、西崎の顔に目を移す。

「あれは、炉開きの頃ですから、去年の十一月のことでしたか……。坊ちゃまに『茶を一服点《た》てたいので飲んではくれぬか』と言われ、私が離れの小間に呼ばれたのです」

「ほう」家元は、腕を着物の袖の中で組んで、話を聞き始めた。

「小間には、坊ちゃまがしつらえられたらしいお軸が掛けてあり、寒椿が活《い》けてありました。坊ちゃまが、私のために一席設けて下さったのです。坊ちゃまは、お運びでお点前《てまえ》を始められました。うちにある道具で私の知らぬ物はございません。まあ、その時の取り合わせも、稽古とほぼ変わらぬものでした。ところが……」

「ところが？」

「坊ちゃまが、お点前を始められて……そう、帛紗《ふくさ》で棗《なつめ》を清める頃からでしたか……何か妙な気分になって参りまして……」

「妙な気分？　どんな気分だと言うのだ」

家元は、腕をほどき手を膝の上へ置いて尋ねた。

「はい。何と申せばよいのか……それまで聞こえていた鳥の声も、蹲踞《つくばい》の水音も、すべて聞こえなくなり、小間が急に大きくなったような気がしたり……そう、坊ちゃまの姿が、こう、倍くらいの大きさに見えました」

家元は、複雑な表情をしていた。相手がこの道何十年という茶人でなければ、笑い飛ばしていただろう。

「それだけではございません。坊ちゃまが使われた茶碗を見て私は驚きました。見事な黒楽《くろらく》だったのです。私もこれで長年この道にお務めしてきた身、そうそうのことで焼きを見間違えるなどということはございません」

「黒楽など、それほど珍しいものではあるまい」

一般に茶道では、一楽二萩三唐津と言われ、楽茶碗を一番よしとし、次いで萩焼、唐津焼が重視される。楽代々の茶碗はそれなりに値打ち物だが、ここは茶道の家元である。それほど驚くべきものでもないのだ。

「まあ、お聞き下さい。私が見たところ、確かに楽四代、い、い、いちにゅうの作と思われました。私は、おかしな気分を追い払うためにも、坊ちゃまに話し掛けました。いちにゅうの茶碗ですかな、と」

「うん」家元は、すっかり話に引き込まれている。

「坊ちゃまは『そう思うかい』とおっしゃられて、茶を点て私に差し出されました。茶を干した後、茶碗を拝見して驚いたのなんの。それは、楽などではございませんでした」

「贋物だったと言うのか」

「贋物どころか、スーパーマーケットへ行けばごろごろ売っているような品なのでございます。坊ちゃまは、不思議な魔術を使われたとしか思えません」

「まさか……」

「まだございます。その時、床《とこ》を見たら、何と先刻までいびつな落書きにしか見えなかった墨跡が……」

「どうしたのだ」

「見事な正円になっていたのでございます」

さすがに家元も失笑していた。西崎が真剣に訴えるのが、なおさらおかしかった。

「夢でも見ていたのだろう」

「私の言うことがお信じになれないのですか」

「そういう訳ではないが……。まあ、あいつの考えることは、この親の私にも判らんのは確かだ。東京の音大で、チェロだかコントラバスだかを勉強して来たかと思ったら、今度は、ジャズなどに没頭しているらしい」

西崎は、ようやく興奮が醒めた顔で言った。

「そちらのほうでも、たいへんな才能でいらっしゃるとか……。やはり、奥様の影響ですかな」

「ふふん。私も、妻のバイオリニストとしての才能には、兜《かぶと》を脱いだからな。まあ、いい。で、春夫はどこにおる」

「宗春《そうしゅん》様は、この春の茶会の準備で朝から奥の方におられます」

春夫というのが家元の息子の名だ。宗春というのは、春夫の茶号なのだろう。

「そうか。もうじき、利休忌の茶会であったな。それにしても、今年は春が遅い」

家元は、射し込んできた日の光を愛《いと》しそうに見つめた。西崎も膝に手を置いたまま、庭に目を遣った。

2

決して人通りが少ない訳ではないし、街灯もネオンサインもショーウインドウも色とりどりの光を放っているのだが、京都の街はどこか淡い寂しさのようなものが浸み込んでいるように感じられる。

そんな古都にも新しい波は何のこだわりもなくやって来る。四条烏丸《しじょうからすま》や河原町には、ジャズ喫茶やライブハウスが密集している。だいたいジャズ喫茶などというものは、同じ街に三軒以上あれば、もう密集と言っていい。

同じ関西でも、大阪はロックやブルース関係の店が多いのだが、京都はジャズが盛んなことで有名だ。

四条通りから少しばかり奥まったところにある小さなライブハウスの前に、長い列ができていた。通行人たちが皆、何事だろうと先の方を窺って行く程の、異常な長さの列だった。

その列が、実は店に入り切らずにはみ出した客の列であることを知ったら、通行人たちは、さらに驚いたことだろう。

「すいません。店が狭いもんで……」

店の関係者らしい若者が声を張り上げて客を整理していた。

「きょうは前半と後半でお客さんを入れ替えさせていただきます。チャージはいただきません。ドリンク代五百円だけお払い下さい」

客が多過ぎて収拾がつかず、ステージの合い間に客を入れ替えるというのだ。「ドリンク代五百円だけ」というのは、客の不満を軽減するためのレトリックだ。

大物の外国人アーティストが来ているというならまだしも、これだけの客をジャズグループが動員するというのは、まず例外と言っていい。

ジャズは、ロックやフォークのように客を集めない。マスコミが取り上げたがらないせいもあるし、ファンが妙に自分自身の趣味に固執するという風習があるせいもある。ジャズファンは、付和雷同するのは恥だ、とばかりに人気が出始めると、そのミユージシャンを見放してしまうようなところがあるのだ。

しかし、本当に力量があるジャズマンは時に例外を生む。そして、今日のジャズシーンはその例外によって作られてきたと言っていい。

店の中では、超満員の客を前にピアノトリオがチューニングをしていた。ピアニストもドラマーも、まあどこにでもいる風のジャズマンだ。ピアニストは小肥りで口髭を生やしている。このグループのリーダーらしい。ドラマーは、長い髪をインディアンのように、鉢巻きで縛っている。このグループで一番の若手のようだ。

ピアノにベースが立て掛けてある。ベーシストのためのチューニングの筈だが、本人の姿は見えない。ピアニストは、待ち遠しげに、ベースの各弦の音、E、A、D、Gの音を順番に何度も鳴らしている。その音に客の興奮を孕《はら》んだざわめきが混じる。

一瞬、狭い店内にひやりとした空気が流れ込んだような感じがした。客たちは思わず、楽屋からの出口の方を振り返った。

ベーシストが姿を現した。

柔らかい絹糸のような髪がふんわりと頭を覆いさらに顔の右半分を隠している。その髪の下から、氷を思わせるような目が覗いている。氷を連想させるのは目だけではなかった。ほっそりとした全身が一種異様な冷やかさを感じさせ、それが彼を包む空間全体にまで及んでいるのだ。

彼は、ややうつむき加減でステージに歩み寄った。ベースを手に取ると、ピアノの助け無しであっという間にチューニングを終わらせてしまう。先程ピアノが鳴らしていた音を覚えていたのか、あるいは絶対音感かのどちらかだ。

「いいかい、宗春」

ピアニストに声を掛けられ、彼は頷く。

このベーシストが、遠田《おんだ》流茶道家元の息子、遠田宗春なのだ。

ピアニストがドラマーに頷き掛ける。ドラマーがカウントを取る。

次の瞬間に三人が一斉に飛び出す。ベースは、ネックの根本を使い、譜面で言えばト音記号のパートの音、つまりメロディラインの音域で、ピアノとユニゾンの早いテーマを演奏する。ピアノ自体もユニゾンでテーマを奏《かな》でている。ドラムのリズムもメロディラインにユニゾンで付いて来る。

オリジナルらしい。テーマを二度繰り返すと、とたんにドラムはアップテンポのフォービートに突入し、ピアノは和音を奏で、ベースがウォーキングベースを始める。

ベースの音には、曇りが全くなく、楽器がフルに鳴っている感じだった。

ピアノがソロに入る態勢を整えているのだろう。ワンコーラスがそのまま過ぎた。

不思議な演奏だった。ドラムがただのフォービート、ピアノがパターンを鳴らし、ベースがウォーキングしているだけで、客たちはどんどん興奮していった。客だけではない。ドラマーもピアニストも、まるでエネルギーを蓄えるようにじっとその興奮に身を任《まか》せているようだった。

明らかにそれはベースのせいだった。ベースはジャズコンボにおいては比較的目立たない楽器だ。すべての楽器がソロ楽器として目一杯活躍するジャズでは、その音色の性格からどうしても地味に見える。しかしベースは、グループのムードを作り出すという重要な役割を持っている。ベーシストが交替するだけで、グループの雰囲気ががらりと変わってしまうのだ。

さらに、このグループでは、ベースはただそれだけではなさそうだった。ピアノ、ドラムがベースのピチカートひとつひとつに踊らされている感じなのだ。ベースが打ち出す一音一音が客の一人一人に直接食い込んで行き、遠田宗春の周りに立ちこめる冷気が次第に力を持ってくるようだった。

弾《はじ》かれるようにピアノの右手が高音域で動き出し、ソロに突入した。ベースは淡々とウォーキングベースを続ける。ピアノがソロを取っている間にも、遠田の周囲には実際に何かの力がうごめき始めるように見えた。

客の何人かが自分の目を疑っていた。空間自体が、ぐらりぐらりと動いているのだ。その感覚は恍惚感を伴なって客席に広がっていった。

ピアノが遠田宗春に操られるようにして弾《ひ》きまくり、必死の形相《ぎょうそう》でソロを終えた。

ドラムがソロに飛び出す。

普通のグループだと、ドラムソロの間は、すべての楽器が鳴り止んでいる。特にベースなど鳴っていたとしても、とても聞こえはしない。ところが、このグループは違っていた。遠田は相変わらず弾き続けているのだ。

だいたい、どこのグループでもドラマーとベーシストの仲は悪い。それは、リズムの認識のパターンがこの二つの楽器の間では全く異なっているからだ。

だから、この二つの楽器のソロの共存は、不可能に等しいと言っていい。しかし、このグループでは、それが実現していた。

正確に言うと、遠田がベースを弾くことによってドラマーを操っているように見えた。

ドラマーは、遠田をちらちらと窺いながら真赤に顔を紅潮させて四肢を動かした。シンバル、ダブルのタムタム、スネア、フロアタムと、もう、やたらに叩きまくる。

遠田は、表情をぴくりとも動かさずに、じっと床の一点を見つめ、ベースを弾き続けている。

客たちは、遠田の肩のあたりから立ち登り始めた陽炎《かげろう》のようなものに気付いた。それは、狭いライブハウスの空間に無限の広がりを与えつつあった。

空間が変容し始める。客たちは目を開けながら夢を見ているような気分になってきた。天井と壁のなす角度が絶えず変化していた。

遠田のピチカートのひとつひとつによって、店の奥行きが広がったり狭まったりしていた。ある時は床が傾き、ある時は天井が遠のき、ライトの光がゆがみ、隣りの客との距離が無限になった。

遠田の強烈な精神力が、信じられない程の力をもって、実際に何かの作用を行なっているのだった。客の心理に作用しているのか、考えられない事だが、本当に空間をねじまげているのかは誰にも判らなかった。

ドラマーは半死半生でソロを終えた。

ベースの一番太いE弦が、開放弦のまま強力に弾かれた。

テレビカメラのズームを激しく前後するように、店の中の空間が震えた。

それを合図に、遠田宗春のベースソロが始まった。

E弦の余韻が残っているうちに、突然、遠田の左手は、ネックの根本へ走った。一番細いG弦の、しかも一番高音の部分を使い、猛烈な早さで音のパルスを弾《はじ》き出した。

ほとんどトレモロに近い疾さだ。遠田の全身から、目に見えぬ霧のようなものが発散されていた。強力な威圧感だった。

客は、その雰囲気だけで、酔ったような顔になってきた。異常人気の秘密はこれだったのだ。

やがて、早弾きに続きよく響き渡る曇りのない低音でソロを続けた。遠田流の家元、つまり宗春の父が言っていた通り、音大でのしっかりとした基礎と厳しい練習、そして、バイオリニストだった母から受け継いだ才気を、その演奏は物語っていた。

くたくたに疲れ切っていたピアニストとドラマーは、見る見るうちにエネルギーを回復していった。

ちらりと遠田はその二人の様子を見る。ベースラインが、パターンに戻る。ドラムとピアノが目で合図し合った。ベースのパターンがワンコーラスを終える。

三人同時に、ユニゾンでテーマに入った。テーマを二回繰り返し、シンバルの一打で演奏は終わった。

店の中の風景がにわかに実感を取り戻す。夢から覚めたように、一瞬間を置いた客たちは、次の瞬間に拍手、喚声、指笛で沸《わ》き立った。

長い演奏で、聴衆は時間を忘れて熱中していたが、たった一曲でワンステージ分の時間を費してしまった。

後ろに立っていた客から順に、客の入れ替えが始まった。口惜しそうに客たちは出て行き、新たな客が期待に目を輝かせてドアの外に並んでいた。

ぞろぞろと出て行く客の中に、奇妙な二人連れがあった。

木喰と比嘉隆晶だ。

彼らは、沖縄を旅立ち、東京へ向かう途中京都の人気ベーシストの噂を聞いてここへやって来たのだ。

「いかがです。比嘉様」

木喰は比嘉にそう尋ねた。一緒に旅をしている比嘉に対し、なぜか木喰は仕えるような態度を取り続けていた。そんな木喰の態度に比嘉はこだわりを感じていたが、いつしか、それが二人の間のルールとなってしまっていた。

「うん……」

腕を組んだまま比嘉はそう答えた。

「何かお感じになりませぬか」

「感じるとも。あれはすごい演奏だ。誰だって夢中になるさ」

「もっと別の何かをお感じになりはしませんか」

比嘉は何も言わなかった。彼は確かに遠田に不思議なものを感じていた。それは、野獣が身近に同胞の臭いをキャッチした時の気持に似ていたかもしれない。とにかく比嘉にとっては、初めてのことで、彼は戸惑っていたのだ。

「人にあって、人にあらず」

木喰がそう言ったのを彼は思い出していた。

「一度、一緒に演奏《や》ってみたい」

比嘉は独り言《ひとごと》のように言った。

3

「春夫。春夫はいないか」

見事に磨かれて黒光りのする廊下を白足袋《たび》で大股に歩きながら、家元は大声を上げていた。障子を勢いよく開ける。八畳ほどの広間の中で、西崎が驚いた顔で家元を見上げた。

「どうなされました」

「おお西崎か。春夫を知らんか」

「宗春様でしたら、午前中にお出かけになられたまま、まだお戻りではございませんし」

「あいつ、どこをほっつき歩いておるのだ。自分の教え子を放り出しておいて」

「そう言えば、きょうの稽古は坊ちゃまが受け持ちでした。まったく、若い娘さんたちを放り出されて……」

「あいつにも困ったものだ。もう、とうに嫁をもらってもおかしくない年だというのに」

「よろしゅうございます。坊ちゃまがお戻りになるまで、私がお稽古を見てましょ」

「済まん。そうしてくれるか」

西崎は一礼して立ち上がった。入れ替わりで家元が広間に正坐した。

「しかし、ハンサムな坊ちゃまの代わりが、この爺《じ》いで務まりますかいな。生徒はんたちの不満たらたらの顔が目に浮かびますわ」

家元は、西崎にそう言われ苦笑した。西崎はいそいそと、道場の方へ小走りで駆けて行った。

家元はひとつ大きく溜息をついた。

その時、ひやりとした空気が広間に流れ込んで来たような気がして家元はふと目を上げた。

「春夫か」

家元は、障子に映った影に声を掛けた。ゆらりと、音もなく宗春が姿を現した。細く柔らかい栗色の髪にふんわりと覆われたその白い顔は、はっとするほど端正だった。その髪の中から、鋭く、炯々《けいけい》と光る眼がのぞいている。

「はい」

一瞬にしてすべてを鎮静させてしまうような声で宗春は返事をした。

「どこへ行っていた。きょうはお前の教え子さんたちがみえる日だろう」

「はい」

その声を聞いただけで家元の興奮は消え去ってしまった。ともすれば気圧《けお》されそうになりながら、家元は言った。

「また寺回りか」

「はい」

宗春は突っ立ったまま答えた。

「ちょっとここへ坐りなさい」

「でも、稽古があります」

「そっちは西崎が見てくれている。まあ坐りなさい」

宗春は、音も立てずに広間に入ると、家元の正面に正坐した。

「そうしゃちほこ張らんでもいい。寺回りもいいが、お前も、後々はこの家を継ぐ身だ。少しは考えてもらわんとな」

家元は、威厳を取り戻しつつ言った。自分の態度に満足しているようだった。

「考えています」

宗春は静かに答えた。宗春が口を開く度《たび》に形勢が逆転する気がした。家元は、咳《せき》ばらいをしてから尋ねた。

「どう考えておるというのだ。夜はジャズなんぞをやり、昼間は昼間でぶらぶらと寺回りをしていて、何を考えているというのだ」

「考えています」

宗春はそう繰り返した。

「ジャズや寺回りが茶人としてのお前に、どう役に立つのかと訊いておるのだ。ただ、考えてます、じゃ判らんじゃないか。いったいお前は、寺を回って何をしているのだ」

宗春は冷たい光を宿した目を家元に向けたまま、その問いには答えようとしなかった。家元はその視線に少しばかり面食らいながら再び尋ねた。

「いつも寺へ行って、お前は何をしているのだ」

「見学です」

「長年京都に住んでおって、今さら寺の見物でもないだろう。何を見て回ってると言うのだ」

宗春は、一瞬目を庭に遣《や》ってから、再び決心したように視線を家元に戻すと言った。

「羅漢像です」

「羅漢像？　あのおかしな恰好で並んでいる像か」

「そうです」

宗春の肩のあたりから、また例の不可思議な気配がごくわずかながら立ち昇り始めた。

「法隆寺の釈迦涅槃塑像《しやかねはんそぞう》の中に立ち並ぶ泣き羅漢たち。宇治の万福寺に並ぶ十八羅漢。泉涌寺《せんにゆう》の六羅漢。南禅寺の十六羅漢……。あの像たちは得体の知れない力を持っています」

家元はじっと宗春を見つめていた。普段寡黙な息子が、意を決したように話し出す様をあっけにとられて見ていたのだ。

「羅漢は人間より人間臭く、人間ではない。仏でもない。僕は、彼らに圧倒的な迫力を感じるのです」

家元は、ふと自分が息子に対して意見していたことを思い出した。

「それは判った。しかし、ジャズやその羅漢が茶道とどう関係があるというのだ」

宗春は、そう言われて、ふと考え込んだ。困った質問をされたというろたえではなく、普段から考えに考えている問題に対する質問をされた時の困惑だった。

「お父さんには、家元としての茶があります」

宗春は視線を落としたまま言った。

「そして僕には、僕の茶があります。それを悟らずに、家元となることはできません」

宗春は、それだけ言うと、ぴしりと戸を閉ざしたように、いつもの冷たいイメージを取り戻していた。

「着替えて、稽古を見てきます」

そう言うと、宗春は、ついと立ち上がり廊下へ出て歩き去った。

残された家元は、息子の言った事を思い出しつつ、腕を組んで坐っていた。

「羅漢か……」

溜息《ためいき》と一緒に、その言葉を彼は吐き出した。変な物に興味を持ったものだ。彼はそう考えていた。それが単なる興味以上のものだとは家元も考えはしなかった。

「なるほど、西崎がもて余すのも判るわい」

家元は、自分自身に、そうおどけて見せた。

4

トップシンバルとサイドシンバルが炸裂音を上げた。

「しばらく休憩します」

拍手と喚声の中で、息を切らしながら、リーダーのピアニストがマイクに向かって言った。

いつものライブハウスで、遠田たちのグループが前半のステージを終了したのだ。観客の入れ替えが始まる。

楽屋に帰ったドラマーとピアニストが、汗まみれのシャツを脱いで、タオルで胸や背中をぬぐっていた。遠田だけが、涼しげな顔で椅子に腰掛けている。彼は、うっすらと白い額に汗を浮かべているだけだ。

「いつまでもこのままじゃなあ」

長髪を、鉢巻きでインディアンのように結わえたドラマーが、着替えのシャツを身に着けながら言った。

「何がだい」

口髭を生やした小肥りのピアニストが汗を拭きながら訊き返した。

「客の入れ替えだよ。客も不満やろうけど、俺たちも落ち着かなくて……」

「そうやな。しかし、まあ人気があるというのは悪いことやない。これも宗春のおかげや」

遠田は話を聞きながら、口許だけに微笑を浮かべて黙っている。

「だけど、宗春ほどのプレイヤーが、俺たちなんかと一緒に演奏《や》ってていいのかなあ」

ドラマーが言った。

「問題はそれや。なあ、宗春。俺たちのことなんか気にしなくたっていい。東京へ戻って、第一線の奴らをびっくりさせる気がお前にあるなら、俺たちは、そのほうがずっといいと思うし……」

ピアニストもパイプ椅子に腰を降ろしながら言った。遠田は、相変わらず何も言わない。

「正直言うて、この小さなライブスポットじゃお前はキャパシティオーバーなんや」

ドラマーが言う。

遠田の冷たい瞳には、何の感情も浮かんではこなかった。

ドラマーとピアニストは顔を見合わせ、肩をすくめた。言ってみれば、同じグループにいながら、この二人も遠田のファンなのだ。

楽屋の入口から飲物を持って店の者が入って来た。三人のメンバーは、飲物を受け取る。

「客はどうだい」

ピアニストがその店員に尋ねた。

「いや、もう鮨詰めだよ。いまに店を、ぶっ壊されちまうな」

店員は嬉しそうに言った。この店のマスターらしい。

その時、遠田の表情がにわかに曇った。

「マスター」彼は低い声で言った。低いが、よく響く声だ。

「誰か来てるんじゃないのか」

そう言われてマスターは、思い出したように、掌《て》を打ち鳴らした。

「宗春に会いたいという二人連れが来てたんや。今、楽屋の外で待っている」

遠田は、いつもは無表情なその顔に、不安の色を浮かべて尋ねた。

「どんな人だ」

マスターも、二人のプレイヤーも、そんな遠田を見るのは初めてだった。マスターは驚きながら言った。

「ちりちりの髪をした若い男と、変てこな坊さんや。どうする。追い返すかい」

遠田は、しばらく考え込んでいた。

「会おう。入れてくれ」

マスターは、不思議そうな顔で頷くと、入口のドアを開《あ》けて手招きをした。

比嘉隆晶と、木喰が姿を現した。

遠田は面食らっていた。彼は、この二人の持つ独特の雰囲気を、ドアを隔てて察知していた。それは、彼が寺を回って羅漢像に相対した時に感ずるものと同じものだったのだ。

「初めまして、ファンの者ですが……」

比嘉が話し掛けた。その時遠田は悟った。不可思議な迫力は、このちりちりの髪をした若い男からより強く発せられているのだ。

「ぶしつけなお願いですが、一度、俺と一緒に演奏してもらえませんか。俺は旅の途中のドラマーで、明日には京都を立たなくちゃならんのです」

その目は、珊瑚礁を洗う波のように澄みきっており、目尻には柔和そうにしわが何本かできていた。

「こいつはドラマーなのか」心の中でそう呟いて、遠田はその体を眺めた。ほっそりと見えるその全身には、注意して見ると、鞭のような筋肉が無駄なくびっしりと貼りついている。

「俺はかまわないぜ、宗春。面白そうじゃないか」

ドラマーが、遠田と比嘉の間に満ちてきた息苦しい程の緊迫感に、半ば耐え切れなくなって言った。

遠田は、何事かを思案し始めた。その両肩から、ゆらりと冷気が発せられて、部屋全体に満ちてゆくようだ。マスターは思わず身震いをしていた。

「よし」やがてリーダーのピアニストが言った。

「うちのドラマーもああ言ってくれていますから、一曲お願いしましょう。いいかい」

ピアニストが遠田に尋ねた。

遠田は呟くように言った。

「二人がそう言うなら……」

5

比嘉はステージに立つと、ドラムセットに坐り、バスドラムとハイハットのペダルを何度も踏んで感覚をつかもうとしていた。ちょうど慣れない車のクラッチの具合を見るようなものだ。

バスドラムを踏み鳴らしながら、彼は自分のバッグから、太いスティックをごそりと十本ばかり取り出して、フロアタムの脇に置いてあったドラムケースの上に並べた。

遠田は軽く弦を弾《はじ》きながら、チューニングを済ます。彼はじっと比嘉の気配を窺っているようだった。

「後半のステージは、ドラムが代わります。ゲストの比嘉隆晶です」

ピアニストが客に紹介した。

観客は比嘉がどんなドラマーであるか知らずに、面倒臭げに拍手をした。どうせお遊び程度のジャムセッションだと思っているのだ。彼らは、遠田の演奏さえ聴ければ満足だった。

ピアニストが遠田と比嘉に小声で言った。

「どうする。とりあえず、フォービートでブルースでも……」

「その必要はない」比嘉が言った。

「いつもあんたたちがやっている曲でいい」

遠田は、ピアニストに頷いて見せた。

ピアニストが位置に着く。

遠田が比嘉に目で合図をした。比嘉は頷いてカウントを取る。

強烈な音で三人一丸となって飛び出した。ピアノとベースがユニゾンでテーマを演奏する。比嘉のドラムは、まるで何年も一緒にやっている仲間のようにぴたりと付いてきた。

遠田のベースが響き渡った。テーマを終えたとたん、比嘉は早いフォービートを叩き出す。次第に遠田の全身から目に見えぬ霧が放射され始める。陽炎のようにステージはゆらめき、店内の空間が伸び縮みを始めるような気がしてきた。

ピアノは早くも酔ったような顔をし始めた。遠田のベースに操られているのだ。ピアノがソロに突入した。

いつもなら、ここで演奏は完全に遠田によって掌握されてしまうのだ。ところが思いがけない事が起こった。

比嘉のドラムが機関車のように疾走し始めたのだ。右手はトップシンバルでフォービートをキープしているが、左手のスティックはスネアの上で躍り狂い、バスドラムが、変則的に踏み鳴らされた。

比嘉の力場が次第に増幅されていくようだった。彼は、遠田の支配力から逃れていた。それどころか、彼は遠田に対し闘いを挑んでいるのだ。

比嘉が押してくるにつれて、遠田のベースも増強されていった。遠田宗春を包む空間がびりびりと震動を開始した。左手は、ネックを駆け回り、右手の人差し指と中指は、目に止まらぬ疾さで弦を弾いた。しかも見事に手首が返っているから、その音は強力だった。

客たちは、びっくりしていた。遠田が牙をむいたのだ。それは、今まで彼が見せたことのない姿だった。演奏はまだ始まったばかりで、これからどんどん高揚していくにちがいない。その期待と、何が起こるか判らないという不安とが客席を急襲して、店内は一気に興奮の嵐に呑み込まれた。

その中でひとり、木喰だけが微笑を浮かべながら、遠田と比嘉を眺めていた。

慌てたのはピアニストだ。だいたい器が違い過ぎる。彼はソロを終えると、客席にいたドラマーに向かって、苦笑しながら首を横に振って見せた。彼はさっさとステージを降りてしまった。

ステージ上では、半ばフリーフォームに近い壮絶なデュオが繰り広げられていた。比嘉は、自分のペースを発揮し始めた。四肢が自由自在にドラムセット中を飛び回る。両方のスティックは、空中に大小の円を描き出している。客の目には、スティックの動きが疾過ぎて見えず、描き出された円だけが、残像として捉えられた。

比嘉の両眼は見開かれ、しっかと遠田を見すえていた。

遠田も比嘉を見つめていた。その冷たく鋭い目の奥に、青白い炎のようなものが揺らめいている。

これだけドラムを叩きまくられているにもかかわらず、遠田のベースの音はかき消されずにいた。PAのミキサーが苦心しているせいもあるだろうが、遠田のベースの音は、空間を飛び越えて、弦から直接客の耳にびんびんと響いてくるようにも感じられた。

店中の空間が遠田に支配されていた。ただ、地を震わすようなドラムの音と、比嘉の精神力だけがその支配の外にあった。

二人の間では、おびただしい量の音と、目に見えぬ力が交叉し、からみ合い、押し合っていた。遠田の額に玉の汗が噴き出してくる。比嘉は、すでに全身汗まみれだ。客は、皆顔を紅潮させて、口々に訳の判らぬことを叫び始めた。腰を浮かせている者もある。

演奏は比嘉のペースに持ち込まれていた。比嘉は、かすかに不敵な笑いを浮かべる。

その時、右手に持っていたスティックが汗で滑った。掌から離れたスティックは思いがけぬ方向へ飛んで行った。遠田宗春に向かって、一直線にすっ飛んで行ったのだ。

反射的に、スティックを持ち替えた比嘉はギョッとした。

「危い」

声にこそ出さなかったが、比嘉は心の中でそう叫んでいた。

信じられない事が起こった。スティックが遠田にぶつかる一歩手前で、見えない壁にさえぎられたように、はじき飛ばされたのだ。

それを見た比嘉はさらに驚いた。マシンガンのような音を吐き散らしていたスネアが、一瞬ひるむ。

その隙を遠田が見逃す筈はなかった。あらかじめ遠田のことを知っていた比嘉と、全く相手の存在を知らなかった遠田では、遠田の方が圧倒的に不利な勝負だった。しかし、この一瞬で、遠田が一気に持ち直した。

ベースの音がにわかに鋭角的になった。店内の壁がそれぞれ四方から迫って来た。空間が圧縮されていく。

比嘉は、必死で自分のペースを取り戻そうともがいていた。次々とスティックをタムタムに振り下ろす。そのたびに、耳を直撃する真黒い音の砲弾。バスドラムからの衝撃波は、迫りつつある四方の壁をびりびりと震わせていた。

左手のスティックが、スネアに振り下ろされたとたん、フレームに当たって砕け散った。目にも止まらぬ動作でスティックを持ち替える。スネアの音は、全く途切れなかった。

比嘉の持つ空間がどんどん狭くなっていた。それをはね返そうと、彼は必死でドラムを叩きまくった。

それに反して遠田の周りは、どんどん広がっていく感じだ。

客には、それが遠近の差という形で捉えられていた。比嘉が次第に遠くなり、遠田が近くなるような気がしてきたのだ。

比嘉は、今にも四方の壁に圧しつぶされそうな錯覚に陥っていた。その恐怖感に叫び声を上げそうだった。

ドラムは、楽器自体の限界の音を出し続けている。スネアの皮は上下に躍り、タムタム、フロアタム、バスドラムの皮は、スティックが当たる度に、波打つように震動していた。

たまらず比嘉は、いつも遠田のグループのドラマーが出すエンディングパターンを打ち出した。

遠田は乗って来ない。

比嘉は、続いて二度、三度とパターンを出した。

三度目にようやく、遠田のベースが乗ってきた。エンディングパターンの後、タムタムの短い連打。二人は、同時に一呼吸鳴り止む。

次の瞬間、ぴたりとユニゾンのリズムでテーマを決めた。

演奏が終わった。壁が正常の位置に戻っていた。

客は躍り上がった。腰を降ろしている者などひとりもいない。皆口々に何かを叫び、あるいは、指笛を鳴らした。ドアが開け放たれ、そこから覗いていた外の客も喚声を上げていた。全員激しく熱狂していた。

肩で息をしながら、比嘉は苦笑していた。遠田を見ると、彼はすでに普段の冷徹さを取り戻して、何の感動もない目で比嘉を見ている。

「参ったね」

比嘉はそう呟くと立ち上がり、楽屋へと引き上げて行った。遠田も後に続く。

客席では、まだ大騒ぎが続いている。

楽屋には木喰が立っていた。

「坊さん。行こうぜ」

比嘉は、照れ臭そうに言った。

遠田は、その二人に話し掛けた。

「これから、どちらへ……」

比嘉は木喰の顔を見てから言った。

「東京にいるという仲間に会いにね」

遠田の目が光った。

「仲間……」

「この坊さんが会わせてくれるというんだ」

そう言われて木喰は頷いた。

「遠田宗春様と申されましたな」

「はい」

「遠田様も、いずれ、我々の許へおいで下さるようお願いいたしたい」

そう言われ、遠田はその目にかすかながら動揺の色を浮かべた。

「では、参りましょう、比嘉様」

　比嘉は頷いて言った。

「どうもありがとう。今夜は演奏の邪魔をして悪かったね。あとの二人にもよろしく言ってくれ」

　遠田は、その言葉を聞いていないようだった。彼は、去って行く二人の背中に声を掛けた。

「お坊さん。お名前を……」

　ふと立ち止まった木喰は、振り返って言った。

「木喰と申します」

　二人は、あらためて一礼すると、裏口から店の外へ出て行った。

　遠田は雷に打たれたような顔をしていた。羅漢像に惹《ひ》かれている彼は、当然その名を知っていたのだ。

　彼は冷やかな表情のまま立ち尽くしていた。いつまでも二人の去って行った出口を見つめている。

　どやどやと、客席の方から人が駆け込んで来た。店のマスターや、二人のプレイヤーを含めたごく親しいファンたちだった。

　彼らは、興奮した顔で口々に今夜の演奏のことを語っていた。

その中で、遠田はぽつりと呟いた。

「東京か……」

6

掃き清められた庭の、苔むした飛び石にも、柔らかな春の日が当たっていた。蹲踞《つくばい》の水音も、確かに冬の間のように冷やかではなく、どこか眠気を誘うようなのどかな音に変わっていた。

ようやく、京都にも春が本格的に訪れたようだ。

石も草木も、日向ぼっこをしているような庭の風景だった。が、そこに、にわかに凜《りん》とした空気が流れたように見えた。

遠田流茶道家元の一子、宗春が音も立てずに姿を現した。彼は庭を渡り、離れの小間によく起きた炭を運ぶところだった。

三畳の小間に上がった遠田宗春は、風炉《ふろ》に起き炭を入れると、きれいに切りそろえられた胴炭、ぎっちょなどの黒炭を並べる。

炭を並べ終えると床の間に、紙釜敷を敷いてその上に、桑の香合を置く。炭点前《すみでまえ》を省略した印だ。

床《とこ》には、竹で編んだ花籠に、れんぎょうを始めとする二、三の花がつつましく活《い》けられている。

誰かを小間に招く準備をしているのだ。

彼は、何の感情も表さない目をして、ただ黙々と準備を進めていた。

薄暗く狭い茶室の中で、おろしたばかりの茶巾だけが白く浮き出て見えている。しばらく茶室内で道具を前に黙想をしてから、彼は道具を水屋へ運んだ。準備が完了した。

彼はついと立ち上がると、庭へ出て行った。風炉に掛けられた釜がやがてしゅんしゅんと松風《しょうふう》の音を立て始め、黒炭の上に載せられた香が匂い始める。庭からは、蹲踞《つくばい》の水音だけが静かに響いてくる。

しばらくすると、茶室の躙口《にじりぐち》が開き、誰かが落ちつきはらった動作で入席を始めた。

遠田流の家元だった。

遠田宗春は、自分の父をこの茶席に招いたのだ。いくら父と子とはいえ、家元を自分の茶席に招くなどというのは、相当の覚悟をしなければならない。ざれ事では済まされないのだ。

席に着いた家元は、苦々しい顔をしていた。ふと、床《とこ》を見上げる。その目に驚愕とも怒りとも侮蔑ともつかぬ色が浮かんだ。

床《とこ》には、墨の跡もまだ真新しく、こう大書してあった。

「羅漢」

「寺回りをして、羅漢像にうつつを抜かしているだけならまだ許せる。しかし、家元を招いておいて、このような所業をするとはどういうつもりなのか。きつく叱ってやらねば」

家元は、膝に組んだ掌を固く握り締めて、そんなことを考えていた。

茶道口が開き、宗春の点前が始まった。運びの平点前《ひらでまえ》だ。したたるほど水を打った素焼きの水指《みずさし》を運び出し、黒塗りの棗《なつめ》と茶巾、茶筅《ちゃせん》、茶杓《ちゃしゃく》を仕込んだ茶碗を運ぶ。茶碗は絵唐津だろうか。いずれにしても、全く目立たぬ道具の取り合わせだった。

床《とこ》の掛け軸と道具の名称や由来を組み合わせることで、亭主が客に対し何かの意志の表現をするというのが、現代の茶道の常識となっている。時には、はっとするほど知的に洗練された取り合わせもあるが、多くは、高価な道具の自慢であったり、単なる謎解きゲームに堕《だ》している場合がほとんどという実情だ。

この日の宗春の取り合わせは、そういう茶道の風潮から言えば、見た目にも価格から言っても全く質素なものだった。

いや、むしろ意識して目立たぬ取り合わせをしているように見えた。

さすがに家元は、そのことに気付いていた。自分の息子が、単に粋狂で自分を茶席に招いたのではないことが、彼には次第に判り始めていた。しかし、それはそれとして、叱るべき時には叱らねばならない。家元は自分にそう命じていた。

宗春は建水《けんすい》を運び出して坐り、柄杓《ひしやく》と蓋置《ふたおき》を定位置に置くと、居ずまいを正した。

「春夫」

家元は、遠田宗春に話し掛けた。

「はい」

宗春は、帛紗《ふくさ》をさばきながら、視線を手許に置いたまま応えた。

「お前も、もう少し本気になってもらわねば困る」

家元は威厳を込めた声で言った。宗春は何も応えない。黙って自分の点前に没入していくようだった。

「若いうちは、やりたい事をやりたいようにやるのがよいと、私も思っていた。だからこそ、お前の望む通り東京の音楽大学へ行かせたのだ。しかし、それも何か目的があればこそだ。無意味に寺をぶらついたり、暇つぶしにジャズをやったりして、茶の道に精を出すことを忘れておったのでは、家元として放っておくことはできんのだ。春夫、聞いているのか」

「はい」宗春は静かな声で返事をした。彼はさばいた帛紗で棗と茶杓を清めるところだった。

　家元は、小言を言いながら、不思議と目が息子の手許に吸い付けられるような気がしていた。家元は、以前に西崎が言っていたことを思い出していた。

　異様な気配が宗春の全身から発せられてきた。家元は、わずかに狼狽《ろうばい》した。

　三畳の茶室は変容し始めていた。物理的な空間はそのままで、感覚的な容積が少しずつ広がっていくようだった。

　宗春が柄杓を持ち上げた。目の前にかかげ、両手を添え柄杓を立てて、ぴたりと構える。いわゆる鏡柄杓《かがみびしやく》という扱いだ。

　その瞬間に、茶室内の空気が、カーンと鋭い音を立てたように感じられた。

「春夫。ゆくゆくは、お前にこの家を継いでもらわねばならん。そのためには、人一倍の修行をしなければならないのだ。この世界の人間に顔も売っておかなければならない。判っておるのか」

　家元の言葉は、次第にうわごとのような響きを帯びてきた。

　釜の蓋が開けられ、茶碗に湯が注がれた。その湯にそって、宗春のまわりに作り上げられた力場が渦を巻いて茶碗の中に流れ込んでいった。

　茶筅通しを始める。茶筅の穂先をあらため、同時に湯で茶碗を温めるための作業だ。

茶碗の中で茶筅を返す時に、両者が触れ合うかすかな音が、三度、茶室内に響いた。

家元は、その音を聞いて催眠術にかけられるように、ますます不可思議な感覚に襲われていた。

確かに、はっきりと意識は目覚めている。幻想を見ている訳でも、眠っている訳でもなかった。が、次第に家元は瞑想《めいそう》の世界に遊んでいるような気分になってきたのだ。

眩惑とは明らかに異なっていた。それは、三昧《さんまい》の気分に似ていた。家元は、自分が禅を組んでいる訳でもないのに、宗春の点前のせいで、それと同じような気分になってきたのだ。家元は雑事を忘れ、安らかな気分になっていった。

やがて、さらさらと茶筅の音を響かせ、宗春は一服の茶を点てた。その茶筅の動きにつれ、茶碗が置かれている一点に、茶室中の空間が一気に凝縮されていった。

茶室の中の薄暗さは快かった。戸を開け放てば、春の日がいっぱいに降り注いでいる。だから、なおさらにその暗さが快かった。

宗春は、茶碗を左手に取り、右手で手前に回し、茶碗の正面を向こう側へそらすと三手目で、そっと家元の膝前へ置いた。

その動作がクライマックスだった。

緊張感とも威圧感ともつかぬ雰囲気が宗春と家元の間に張りつめた。茶室全体の空間すべてが、その一碗に凝縮されているようだった。

家元は、茶碗を畳の縁内《へりうち》に取り込み、一礼すると、左手に取り二手で茶碗を回して茶を飲んだ。

その動作をしている間も、家元の心は快い瞑想の世界を漂っていた。茶室のたった三畳の空間は、無限の広がりと感じられ、まさに宇宙と一体となった感があった。

茶を吸い切り、茶碗を戻した家元は、ようやくそれが宗春の点前のせいだということに気付いた。気付くと同時に、彼は愕然とした顔で宗春を見つめていた。

茶碗を取り込んだ宗春は、手早く仕舞いにかかる。

「春夫……いや、宗春。お前は……」

目を見開いたまま家元は、呟くようにそう言った。

茶は、能に通じる芸術だと言われる。また、茶も能も、その奥義は禅と関係が深い。

能は役者が、何かを演ずるのではなく、舞台そのものの空間の力場を、その動作のひとつひとつで自在に操り、変容させる舞台芸術だ。

禅は、限られた空間の中で自分を全開放し、無限の空間に魂を遊ばせる、いわゆる無我の境地を求める行為だ。

茶はその両者に通じていると言われてはいるものの、多くの場合、それはレトリックに過ぎない。特に、現代の茶道界のように道具と着物の品評会という有様ではなおさらだ。

しかし、遠田宗春はそれをレトリックではなく実際に行なってみせたのだ。

以前に、師匠の西崎にやって見せたのもそれだったのだろう。

いつ、どこでそんなことを覚えたのか、家元には、見当もつかなかった。いずれにしろ、尋常な精神力ではできることではなかった。

「お父さん」

宗春が言った。その声と同時に、木々が風にそよぐ音や、蹲踞《つくばい》の水音、鳥の声などが聞こえてきた。

家元は声も出せずにいた。

「僕は、また東京へ行かねばなりません」

家元は、そう言われても反論することができなかった。ただ、彼は心の片隅で「目的はそれだったか」という囁《ささや》きを聞いただけだった。

「まだまだ学ばねばならないことが山ほどあります」

家元は、まぶしげに我が子の冷たく光る目を見つめていた。その目は、何者にも覆《くつがえ》すことのできぬほど強固な決意を物語っていた。

ふと、家元の目に柔らかな光が差した。その目を、床《とこ》に移しながら、彼は言った。

「何も言わん。好きにするがいい」

その語調は、言葉そのものほど冷たいものではなかった。

宗春は、衣《きぬ》ずれの音を立てながら建水を左手に持ち、静かに立ち上がった。

家元は、床に掛けられた軸を眺めていた。先程まで、牙をむいていたような「羅漢」の墨跡が、明るい笑い顔を見せたように家元には見えていた。

# 四阿羅漢《よんあらかん》

## 1

天野は、契約社員として所属している音楽出版社の事務所で、締め切り間際の評論記事を書いていた。音楽出版社というのは、書籍の編集をするところではなく、レコードに使用される詩や曲の著作権を扱う会社だ。

雑居ビルの一室に居を構えたこの事務所内では、七、八人の男女が電話に向かってニタニタと笑ったり、ドアからドアへ駆け抜けたり、かかえた資料を床にぶちまけたり、デスクに茶をひっくり返したりしていた。

「天野さーん。電話アー」

ふっくらした顔のグラマーな女の子が叫んだ。

「こっちへ回してくれ」

くわえ煙草で、原稿用紙から目を離さぬまま、天野はそう叫び返した。

天野は、自分の机の上の電話に手を伸ばした。

「はい、天野です」

煙草の煙に目を細め、原稿用紙にペンを走らせながら天野は受話器に向かって言った。

「古丹《こたん》ですが」

「はい。何でしょう」

そう言ってから天野は、くわえていた煙草を吹き飛ばし、ペンを放り出した。

「古丹さんというと……古丹神人さんですか」

受話器にしがみつくように天野は言った。天野が吹き飛ばした煙草を慌てて拾って灰皿に押しつけた向かいの机の男が、その態度の急変を、ぽかんとした顔で見ていた。

「そうです。北海道から今着きました」

「今、どこに居るんですか」

「浜松町の駅に居ます」

「すぐに会いに行きます。渋谷まで出て来られますか」

天野の事務所は青山にあった。彼は道玄坂のある喫茶店を指定した。

## 2

「本当によく来てくださいました。もう東京へは来てくれないものと思っていました」

色あせたジーンズをはき、ネルのワークシャツの上にごついジャンパーを着込み、髪も鬚も伸び放題といった風体の古丹神人を前にして、天野は興奮を抑え切れない様子で言った。

古丹は、喫茶店のシートに居心地悪そうに腰掛けていた。隣の席には、毛布と、生活道具一式がぶら下がったリュックが置かれている。

「来ないつもりでした」

髪と鬚の隙間からのぞく、北海道の湖沼のように澄み切った目で真直に天野を見つめて古丹は言った。

「しかし、木喰という坊さんに、仲間が東京にいると聞かされて、一度来てみる気になったのです」

言い終わると、彼はレースのカーテン越しに、雑居ビルが立ち並ぶ街並や、雑踏に目を移した。その目は、どこか悲しげに、天野には見えた。

「北海道の中で、しかもあなたのように文字通り大自然の中で生活しておられた方には、このゴミゴミした街は我慢ならんでしょうね」

天野は言った。聞こえているのかいないのか、古丹は外を眺めたまま何も言わなかった。

「東京でしばらく音楽活動をされていたとおっしゃいましたね。その東京を去って何年も北海道の野山の中でお暮らしだったのだから……」

天野はさらに言った。古丹は、何かを想い出すような目で外のくすんだ景色を見ながら言った。

「木喰という坊さんに言われましたよ」

「ほう」

天野が相槌を打つと、古丹は笑顔を天野の方に向けた。

「自然から去るのが嫌なら、自然を自分の方で持って行けばいいだろう、と」

「なるほど」

涼しげな古丹の目が一瞬だけ燃え上がった気がした。朴訥な性格の古丹だけに、その時の語調や目の光は、天野を十分に驚かせた。

「判りました。さっそく、あなたが演奏できる場所を探しましょう。ただ、東京の人間は、誰もあなたのことを知らない。最初はどんな場所であろうと、冷遇されるのは明らかだ。その辺は覚悟してくださいよ」

「そんなことは、いっこうに構いません。俺は、木喰の言う仲間に会いたくて来たんだから」

天野は頷いてから、首を傾げて言った。

「しかし、その、あなたの仲間とか言うのを、どうやって探したらいいんだろう。木喰は、あなたに、私に会いに来るようにと言ったらしいが、私には申し訳ないが何の心当たりもない」

「まずは、俺が東京で演奏することだと思います。すべてはそれから始まる気がします」

天野は頷いた。天野もそんな気がしていた。何かの一つの運命に似たものに自分が引き込まれている。彼はそう感じていた。いや、運命というより、天野は何らかの意志をそこに感ずるような気が最近してきたのだ。

ケセル・ギャラリーが初めて彼に会った時に言った「意志のようなもの」という言葉の意味が、おぼろげながら、ようやく彼に理解できるような気がしてきたのだ。

その彼のところに古丹がやって来た。それは、仲間に会うための最短コースなのではないか。訳もなく天野はそんな気がしていた。

「さっそく、知り合いに電話してみます。西荻にあるライブハウスのマスターなんですがね。この人は現役のジャズピアニストでもあるから、いろいろ面倒見てくれると思います」

天野はそう言って席を立つと、ピンク電話のダイヤルを回し始めた。

古丹は、椅子にもたれかかるように体を伸ばすと、再びぼんやりと外を眺め始めた。東京へ来たからには、一刻も早く木喰の言う「仲間」に会いたいものだ。そう彼は思っていた。仲間というのが何であるのか、つまりは自分が何であるのか、彼は全く知らずにいた。木喰の出現によって、古丹の心の中に微妙に揺れ動くものが生じたのだ。

「知りたい」彼は思った。いったい何を、どう知りたいのか、彼自身にも判りはしないのだ。しかし、彼は心の一部で何かをやみくもに知りたがっているのだった。

「今夜、さっそく来てくれということです」

浮き浮きした天野の声がして、古丹はゆっくりと頷いた。

3

「東京に行くのはいいが、いったい東京のどこへ行けばいいんだ」

東京へ向かう新幹線の中で、比嘉隆晶は木喰に言った。

「それは、このわしにも判り申さん」

木喰は眠たげな目つきで言った。いよいよこの二人も東京に近づきつつあった。

「なんてこった。仲間に会えると思ってこうして沖縄からくっついて来たってのに」

比嘉は、車窓の外を眺めながら言った。

「お仲間なら」木喰は比嘉に目を移しながら言った。「もう、すでにお会いになられたのかもしれません」

「あの遠田宗春というベーシストのことかい」

「それは、比嘉様が一番よくお判りの筈」

比嘉は、外を見ていた目を天井に遣った。彼はそのまま、何も言わずにいた。

「案ずることはございません」

「え？」

「あの時、あっさりとお別れになられたことが、今思えば、お心残りなのでござりましょう」

木喰にそう言われても、比嘉は黙ったまま天井を見つめていた。

「安心なされませ。遠田殿も、もうじき、我々を追って東京においでになることでござりましょう」

「どうしてそんなことが判るんだ、お坊さんに」

木喰は、両眼に笑みを浮かべたまま言った。

「何となく……何となくでございますよ」

比嘉は、皮肉ともとれる笑いを浮かべて言った。

「なんとなく、か。まあいい。今の俺は、お坊さんを信用するしかないんだからな」

「そうしていただければ、何よりでございます。見ておいでなされ、東京におれば、黙っていても比嘉様のお仲間は、居場所を教えてくださいます」

比嘉は、とうに覚悟を決めていた。木喰にすべてを任せようと。

長かった旅行が、じき終わろうとしている。京都での一件が、ますます比嘉の木喰に対する信頼を深めていた。

木喰は、きっと何もかも知っているのだ。一緒にいれば、自分もこの謎めいた一連の出来事の秘密を知ることができる筈だ。特に、自分自身と「仲間」についての秘密を早く知りたい。比嘉はそんなことを考えていた。

この二人連れは、どこへ行っても人目を引いた。木喰一人でも十二分に奇異な存在であるのに、比嘉のような若者と一緒に旅をしているというのが何とも奇妙なのだ。その上、木喰は何かにつけて比嘉の下僕のような態度を取っている。人が好奇の目を向けない筈はなかった。

しかし、この二人はいっこうに意に介さず旅を続けてきた。その目的地が、刻一刻と近づきつつあった。

4

遠田宗春は、せっせと旅仕度を進めていた。身の回り品は極力減らしていた。ウッドベースという大荷物を持って行かねばならないのだ。

「どうやら、本当に行ってしまうようだな」

父である遠田流茶道の家元が、宗春の部屋の入口に立ったまま、そう声を掛けた。

「はい……」

遠田宗春は、荷作りをしながら、家元の方を見ずに言った。家元はひとつ溜息をついてから尋ねた。

「東京へ行って泊まる当てはあるのか」

「はい」

「もし、何か困るようなことがあったら、遠田流の東京道場に顔を出しなさい。連絡をしておくから」

「それは困ります」

宗春は顔を上げて言った。

当然だ。家元の息子が京都からやって来ていることを、東京支部の人間が知ったなら、それだけで大騒ぎだ。

「なるほどな……」

家元は、息子の気持を推《お》し量《はか》って頷いた。

「判った、判った。家元を継ぐ身として、恥しくないよう、しっかりと精進《しょうじん》してこい」

彼は言った。宗春は、その言葉に応えるでもなく反発するでもなく、荷作りの手を休めずに言った。

「必ず戻って参ります」

5

西荻窪の街並に夕暮れがおとずれてきていた。商店街は、買い物袋をかかえた若者や、ショッピングバッグをぶら下げた主婦の姿でにぎやかだった。

天野は古丹を連れて、通りを歩いていた。すれ違う人々が、まるで熊のような風貌の古丹を振り返ってゆく。

天野はやけに早足だった。一秒でも早く、ライブスポットの連中に古丹を紹介したくてたまらないらしい。

二人は、商店街を左にそれると、暗い地下へ降りる階段を下って行った。最後に残ったジャズらしいジャズの巣窟《そうくつ》といった風情があった。ここが天野の言っていたライブハウス「テイクジャム」だ。

「くそ。こいつはもうだめかな」

そう呟きながら、ピアノをいじくっている男がいた。この店のマスター芥川だ。長い髪を後ろで束ねている。口髭を生やしたその顔は、色白で切れ長の目を持っている。どこか公家の血筋を思わせる顔立ちをしている。

「芥川さん」

古いピアノ相手に悪戦苦闘しているマスターに、天野は声を掛けた。

「やあ、どうも、どうも。ちょっと待ってて下さい。すぐ済みますから……」

彼は弦を張り替えているようだった。この男は、店の経営からピアノの演奏、修理、調律と、なんでもやってしまう。

「どうもお待たせ。普段おとなしいピアニストまでが、ウチで演奏する時は、ピアノを目の敵にして弾きまくりやがるんで、たまったもんじゃない。まあ、寿命なのかもしれんがね、あいつも」

天野のところへやって来た芥川は、ピアノを指差して言った。

「とすると、あのピアノの命も今夜限りかな」

天野は言った。芥川はそれを聞いて、天野の隣に、きゅうくつそうに腰掛けていた大柄な古丹を見た。

「この人？　天野さんが言ってた北海道のピアニストって」

「古丹神人です」

「あ……」

芥川が、すっとんきょうな声を上げた。

「どうしたんだ。彼を知ってるのか」

「いや、俺も噂だけしか知らんが。北海道のジャズ喫茶の連中がえらく騒いでるんでね。そうか、あんたが、古丹神人さんか」

芥川は、細い目を見開いて目を輝かせて言った。

マスコミが気づいていないことを、ジャズという狭い世界で張り巡らされた口《くち》コミというネットワークが、キャッチしていた。

狭い世界の情報網だからこそ捉えられたのかもしれない。とにかく、芥川が、噂だけにしろ、古丹のことを知っているというのは天野には意外だった。

「オーディションやるかい」

天野は芥川に尋ねた。

「当り前だ。マッコイが来ようが、ピーターソンが来ようが、ウチでやるにゃ、俺のオーディションが必要だ。……と言いたいが、古丹神人となれば、話は別だ。開店前にピアノをぶっ壊されちゃかなわないからな」

「一刻も早く、東京の連中の度肝《どぎも》を抜いてやりたいのだが……」

「参ったな。俺のピアニストとしての立場を危くさせるような男を、ウチで演奏させるとはな……」

「その代わり、経営者としてのあんたは、おおいに救われること受け合いだ」

「なるほどね。明後日《あさって》はどうだい。俺の演奏日だが、なんなら、後半のステージに入ってもらってもいい」

「そうしてくれるか。ありがたい」

「なあに、他ならぬ天野センセイの口ききだ。信用してるよ」

「そういうことです」

天野は古丹に言った。古丹は、大きな体を少しばかり前に倒して低い声で言った。

「お世話になります」

芥川は、頼もしげに古丹を見て、頷いた。

フリーフォームかと思うと、メロディが飛び出し、メロディが展開するかと思うと突然砕け散るように強烈な音団が次々と飛び出す。

芥川の演奏はなかなかスウィング感に溢《あふ》れていた。腰がクネクネと動き、どことなくエロティックな演奏姿勢だ。そのせいか、ピアノの音までが、エロティックに感じられるのだ。

# 6

芥川の演奏が終わり、彼は一言挨拶をして、カウンターの奥に引っ込んだ。

相当にアルコールの入った客たちは、完全にリラックスして、やんやの喝采を上げる。ほとんどが、常連客だ。

芥川は、汗を拭《ふ》きながらそういう連中を見て言った。

「しょうがねえな、まったく俺の気の優しいのをいいことにしおって……。あれは演奏を聴くという態度ではないな」

それを聞いた天野が言う。

「なあに、今のうちだけですよ。古丹の演奏が始まったら、ああはしていられない」

芥川は、へへへと笑ってから、古丹の肩を叩いた。

「後は任せたぜ」

古丹は頷いた。

三十分ほどの休憩が終わった。店内に流していたレコードをフェイドアウトにする。ステージにスポットが当たった。

「行こうか」

芥川が古丹をうながして、ステージに歩み出る。

「今夜は、遠路はるばる北海道からお客さんがみえています。後半は、彼にやってもらいます。古丹神人です」

内輪の宴会みたいな気分の客たちは、余興でも見る気分で拍手をした。熊のような大男が、のそりとステージに上がった古丹を見て、一瞬客席はざわめいた。だが、客たちが、本当に驚くのはこれからだった。

無造作に、椅子にどすんと腰を降ろすと、古丹は、上を向いて、何かをまさぐるような目付きを始めた。肩が大きく上下している。深呼吸をしているのだ。

目の動きが、宙の一点でぴたりと止まった。客たちは、何が始まるのか、といった顔で古丹を見つめていた。

次の瞬間、古丹の十本の指が鍵盤に叩き下ろされた。目は宙を見つめたままだった。その目が閉じられる。と同時に、最初の和音がどんどんと展開を始めた。

客たちは、残らず口をぽかんと開けていた。最初の一撃でやられたのだ。壊れかけたようなピアノのどこからあんな音が出るのかと思われるほどの音が、飛び出したのだ。

和音の展開は続き、次第にそれは、力強いアルペジオになり、やがてひとつのメロディラインが姿を現し始めた。

モード奏法を取り入れた独特のメロディだった。底抜けに明るい感じもするが、どこか哀愁を感じさせた。確かに、古丹の演奏はモードの展開に近いスタイルを持っていた。しかしそれは、もっと自由自在に変化していった。すべてが即興演奏なのだ。

古丹のうっそりとしたイメージが変化してゆく。ぶ厚い胸やごつい肩に、見る見る筋肉が盛り上がってゆく。

肩から腕にかけての筋肉が生きいきとうごめき、次第に古丹は牙をむいた野獣そのものに見えてくる。

ピアノは、完全に鳴り切っている感じだった。

不思議なことに、時々、四分の一音くらいピッチがずれた音が混ざっていた。ギターやベースなど弦が表に顔を出している楽器や、吹奏楽器なら何でもないことだが、ピアノでは考えられないことだ。

どんなテクニックを使っているのか判らないが、休む間もなく叩き出され、重なり、後を追う音の束の中に、確かにピッチの変化が時々起こっていた。調律が狂っている訳ではない。その証拠に、平均律の音はすべてそろっている。それに加えて四分の一音という単位の音が飛び出すのだ。

勿論、客たちはそれを聴き分けられるほど耳がいい訳ではない。それどころか、プロのピアニストである芥川も、ジャズ評論家の天野も気がつかなかったのだ。

ただ、その音を駆使することで、古丹は、独特の雰囲気を作り出していた。客たちにとっては、今まで体験したことのないピアノソロだった。

古丹はどんどんと高揚していった。メロディの一音一音に和音がかぶさっていくように音団を次々と打ち出し、その和音ひとつひとつがまたメロディを生み出していく。それがフーガとなり、ゴスペルタッチとなり、複雑に音が絡み合わさっていく。ピアノは、三本の足の先まですべて共鳴しているのではないかと思われるほど見事に鳴り渡っていた。

古丹は目をかっと見開いた。クライマックスへ向かうらしい。

その時客たちは、薄暗い地下室の店内に、不思議な爽快さを感じていた。一人や二人ではない。ほとんど例外なくすべての客がその感覚を味わっていた。味わいつつ、古丹の演奏に目と耳が吸い付けられていた。

古丹が立ち上がった。彼の十本の指は、八十八の鍵盤中を疾走する。速いだけではない。力強さと、溢れるような叙情性があった。

聴衆は、爽快さの正体を一瞬垣間見た。風に吹かれて大空の中にそよぐ木々の影を、山々をかすめる雲の姿を、客という客が残らず、実感していた。幻のように曖昧な感覚ではない。その肌で実感したのだ。

天野も例外ではなかった。

「本当に自然を持ってきやがった」

天野は、頭の片隅でそんな呟きを洩らした。

なだれのように、高音から低音へ一気に指が駆け降り、最初に叩き出したのと同じ和音を古丹は叩いた。

三度ほど、その和音を展開して、彼は演奏を終えた。

店の中は、しんと静まり返っている。ピアノがウワーンと唸《うな》りを上げていた。カッンと右足のペダルをはね上げ、古丹はその余韻を消した。

最前列の客が、そのペダルの音で我に返ったように拍手を始めた。それを合図に、徐々に拍手が店の中に広がっていった。

誰かが、ショックから醒めたように喚声を上げた。それからは大騒ぎで、全員憑かれたように叫び、手を打ち鳴らし、指笛を吹いた。狭い店の中が、熱狂に支配されたようだった。誰もが目をむき、顔を真赤にして騒ぎ回っている。一度、北海道で古丹の演奏を経験していた天野にとってすら、今の演奏は衝撃だった。芥川などは、半ば放心状態だった。

古丹は、間違いなく、この東京のライブハウスでも嵐を巻き起こしたのだった。

この夜の古丹の演奏の噂は、あっという間に広まっていった。

ジャズファン同士の口《くち》コミは、驚くべき早さで、しかも広範囲に広がっていく。それからというもの、東京中のライブスポットやジャズ喫茶で、古丹の噂話が聞かれた。

7

「えらい騒ぎになったよ」

芥川はにやにやしながら言った。開店前の店の中で、芥川は古丹と天野を前にしていた。

「当然だ。北海道では、もっと凄い人気だぜ」

天野は誇らしげに言った。

「今月のスケジュールは、動かしようがないから、俺の演奏日の半分を請《う》け負ってもらおうか。来月から、さっそくレギュラーでやってもらおう」

古丹は、黙って頭を下げる。

「まったく、国内のジャズプレイヤーで、これほど話題になった人間はいなかったんじゃないかねえ」

芥川はしみじみと言った。

「いい事なのか、悪い事なのか……」

「悪いことじゃないよ」

天野は言った。

「いたずらにシャリコマを怖れることはない。人気が出るに越したことはない。要は自分のやりたい事を見失わないようにすればいいんだ。その点、この古丹なら全く心配はいらない。俺が太鼓判を捺すよ」

シャリコマというのは、コマーシャリズムという意味のバンドマン用語だ。多くは、軽蔑の意味を込めて使用される。

「どっちにしろ、ここまで来たら後には引けないな」

芥川は言った。

「ようし、俺の店を拠点にして思う存分暴れてくれ」

「今、思いついたことだが」

天野が声をひそめて、古丹に囁くように言った。

「古丹さんが大暴れすることが、仲間を呼び寄せるためには、一番手っ取り早い方法なんじゃないかな」

「どういうことですか」古丹が言った。

「つまり、うまくは言えないけど、餌をばらまいて、おびき寄せるような……」

古丹は複雑な表情で、天野を見つめた。天野は、しまった、と思った。野生の動物そのままの古丹にとって、今の天野の言い方が気に入る筈はない。天野は慌てて言った。

「い……いや、いまのは、単なるたとえ話で……どうも例が悪かったな」

古丹は表情を変えずに言った。

「天野さんの言うことはよく判る。それが最良の方法だと天野さんが言うなら、この店でおおいにやってみましょう」

「何の話か判らんが、どうやら話は決まったようだな」

きょとんとした顔で二人の遣り取りを見ていた芥川が言った。

「次の演奏は、来週の火曜日にしてくれ」

芥川にそう言われ、古丹は頷いた。

芥川と別れての帰り道、天野は古丹と連れだって歩きながら、木喰のことを考えていた。いったい、あの坊さんは今頃、どこで何をしているのだろう。古丹神人を自分にあずけたままで、彼は何をたずね歩いているのだろう。天野は思った。

「それじゃ、俺はこれで……」

唐突に古丹はそう言って天野と別れて行った。彼が東京に出て来て、どこに寝泊りしているのか天野は知らない。東京時代のバンド仲間の家にでも転がり込んでいるのか、それとも古丹のことだから、わずかに残された東京の自然の中で、こっそりと野宿をしているのかもしれない。天野はそう思っていた。

「また、近いうちに会うことになるだろう」

ひとりになって天野は声に出して呟いた。木喰のことだった。

その木喰は、比嘉とともに東京に居た。大きな寺を主な宿泊場所として、東京の町々を漂泊し、噂話にアンテナを張り巡らしていた。

最近は寺といっても、無料で宿泊できるようなところは少ない。特に、多くの住職はちゃんと家庭を持った父親であり夫なのだから、そうそう好い顔をして泊めてくれる訳がない。

しかし、不思議なことに、どこの寺へ行っても、一目木喰を見ると、寺の僧たちは一様に丁寧な態度で部屋を用意してくれた。

比嘉は、そのつど思うのだった。

「いったいこの坊さんは何者なのか」

全国行脚をしている名物僧なのかもしれない。何にしても、木喰と一緒にいる限り、これまでの旅で、宿に困ることはまずなかった。

「お坊さん。まだ東京に居る仲間とやらには会えないのかい」

武蔵野のある寺院の一室で、比嘉はそう尋ねた。

「いましばらくお待ちくだされ。必ずお仲間は、姿を現されます」

比嘉は、スティックを二本取り出して、座布団をスネア代わりに叩き始めた。

「そうお焦りなさるな。さて、わしは、ちと住職に会って参ります。旅の土産話などしてくれ、と頼まれておりますので……」

比嘉は、スティックを振りながら頷いた。

これが木喰の日課のひとつだった。どこの寺へ行っても、僧侶たちは木喰の話を聞きたがった。

多くは全国各地の土産話なのだろうが、時には、強く求められて禅問答などもしているらしい。僧侶たちの態度からみて、もともと木喰は、相当に位の高い僧なのではないかという気が比嘉にはしていた。その高僧が、身を低くして仕えるようにしている、この自分はいったい何なのだ。そして仲間とは。比嘉はそんなことを考えていた。

彼は、スティックを投げ出して、ごろりと床に転がった。

8

どこでどうやって古丹の演奏予定を知ったのか、芥川の店の前は、開店一時間も前から客が長い列を作り始めた。

店の中では、ウエイターやボーヤ連中が蒼い顔をしていた。

「おい、冗談じゃないよ。あんなに客が入り切る訳ないだろう」

「まったく、普段は小綺麗《こぎれい》な店ばっかり行って、この店なんか見向きもしないくせに」

「どうすんだよ。まだ開店まで一時間もあるんだぜ。開店の時間になったら、どれだけ人が集まるか判ったもんじゃない」

「何をウダウダ言っとるか」

カウンターの奥から芥川の声が響いた。

「これだから嫌になるんだ順境に弱いマイナー連中は。いいか、テーブルを全部取っ払え。ベンチの間を狭くして、とにかく、入るだけの客を入れるんだ。いざとなったら、ピアノ以外の楽器を全部外へ運び出して、ステージにも椅子を並べろ。新しいジャズのブームが、きょう、この店から始まると思え」

芥川は芝居じみた口調で叫んだ。

店の者たちは、言われた通りにせっせと動き出した。

店を開けると、狭い店内はどんどん人で埋まっていった。当然、料金は前払いだ。ドリンクを用意するために、カウンター内はてんてこ舞いだ。ついに応援のために近所に住む暇そうなジャズマンたちに招集がかけられる始末だった。

店内は満員電車並みに混んできたが、それでも店の外には入り切らぬ人が列を作っている。止むを得ず、芥川が「もう入り切らぬ」という挨拶に出なければならなくなった。

ドアに、マジックで大書した「満員御礼」という紙がペタリと貼られた。

「こいつは凄《すげ》えや。この店始まって以来だ」

さすがに芥川も目を丸くしている。普段、出演者の休憩所となるカウンターの脇も、きょうは、客でぎっしりなのだ。

しかも、その客という客が期待に目をぎらつかせているのだから、店内に満ちる熱気はもう殺気と言った方がよいほどだった。

古丹が店に姿を現した。鮨詰めの客をちらりと見る。さほど驚いたようでもなかった。彼は、どんなに客がいようと、また一人もいなくても、全く意に介さないタイプの演奏家らしい。

「あれが古丹だ」と囁く声があちらこちらから聞こえてきた。

「凄いもんだね。ジャズファンがこんなに情報に敏感なものだとは俺も知らなかったよ」

芥川が古丹に言った。その言葉に応えるでもなく古丹神人はぽつりと言った。

「待たせると悪い。すぐ始めよう」

店にやって来て一息つく間もなく、客の隙間を縫って古丹はステージのピアノに歩み寄った。

ざわめきが静かになってゆき、客のすべての目が古丹の一挙一動を見つめていた。例のように、軽く上を向いて、何かを探し求めるような目つきをした古丹は、突然指を全力疾走させ始めた。

低音が高音を追い、高音が低音を追い、店の中は、一気に音の洪水となった。微妙に和音と単音がからまり、フレーズがフレーズを包み込んでいく。

低音域でのリズミックなパターンと、高音域での、目まぐるしいアドリブが、多種多様な音の波の中で展開してゆく。

半分以上の聴衆は、まず、あっけにとられていた。今、自分が見ている演奏がとても現実のものとは思えないのだろう。

古丹は、次から次へとモードを変化させてゆき、ハイスピードの演奏をどんどんと盛り上げていった。

9

「古丹はいかなる出演依頼にも応じることはできません」

「あの、失礼ですが、マネージャーの方ですか」

「冗談じゃない。どこの人間が、古丹みたいな八方破れをマネージメントできるものか」

芥川の店の者と、テレビ局のスタッフ連中が、きょうも押し問答を続けていた。

古丹が芥川の店で演奏を始めてからというもの、噂は急速に広まり、実際にその目と耳で彼の演奏を確めた放送局やレコード関係者から、毎日のようにこのような問い合わせや依頼がやって来るのだ。

「さあ、今のうちにこっそりと帰れ」

その遣り取りを聞きながら、芥川が、打ち合わせに来ていた古丹に言った。

「済みません」

頭を下げると、古丹は地上への階段を駆け登っていった。ほとんど音を立てない、それは野獣の足取りだった。

入口のあたりでは、音楽関係者らしい人間が五、六人たむろして、古丹を待ちかまえているようだった。

古丹は、そっと出口を出ると、彼らがいるのと反対の方向へ歩き出した。誰にも気付かれなかったようだ。

古丹は、散歩でもするような足取りで、大通りへ向かった。

ふと、その時彼は、前方から歩いて来る男に気が付いた。

すらりとした長身で、冷やかなイメージの男だった。柔らかそうな髪がふんわりと頭と顔の半分を覆っている。

古丹は、その男と、何気なくすれ違った。

とたんに、彼は言いようのない緊張感を感じた。野性の勘が、その時、何事かを大声で叫んだのだ。

反射的に自然のメカニズムが古丹の中で働き始める。警戒信号が全身に発せられ、咄嗟に逃避の体勢を取った。さすがに走り出さなかったのは、そこが街中だったからだろう。彼は全身をびりびりと緊張させて歩き去った。心の中では、牙をむいていた。

古丹とすれ違った男も、大きな衝撃を感じていた。彼、遠田宗春は、思わず振り返って歩き去る古丹の背を見た。

「同じだ」

遠田は、驚愕の色をあらわにして呟いた。

「比嘉隆晶や木喰と名乗った老僧と、全く同じものを感じた」

それは、彼が妙に心引かれる羅漢像に相対した時に感ずるものと同じ感覚だった。

遠田は、古丹が消え去った路地のあたりを見つめて立ち尽くしていた。

10

遠田宗春は、埼玉県の川越市へ向かう電車の中にいた。東武東上線の電車が晴れ渡った空の下を進む。

仲間を追って東京へ出て来たものの、正直言って何をしていいか判らない遠田は、とりあえず、五百羅漢で有名な喜多院を訪ねようとしていた。

川越は、古くは小江戸と呼ばれた町で、新河岸川の舟運で江戸と直結され穀物、絹織物の産地として栄えていた。

今では東京にもなくなってしまった江戸のたたずまいを、この町ではいたるところに発見できる。

東武の川越駅を出た遠田は、地図を頼りにまっすぐ喜多院へと向かった。町を巡れば、蔵造りの家屋や、「通りゃんせ」に唱われたといわれる三芳野神社などが見られるのだが、遠田は、吹き抜ける風の中を喜多院だけを目指して歩いた。

アスファルトの小道の脇に、突然にこんもりとした土肌と雑木林が顔を出す。遠田は、どろぼう橋という小さな橋を渡り、ちょうど山門と反対方向から喜多院へ足を踏み入れた。

拝観料を払い、江戸城からそのまま移設された徳川家光生誕の部屋などを眺め、彼は足早に、五百羅漢のある庭へと歩んだ。

中央に釈迦如来の像が座し、文殊普賢《もんじゅふげん》両菩薩がその両脇に並んでいる。左右の高座には阿弥陀如来が構えている。

その前に並ぶ立像たち、賓度羅跋囉惰闍《ビンドラバラダージャ》尊者を始めとする十六羅漢は、もう遠田にとって馴染みの深い存在だった。

それらを、二列に四角く取り囲む形で立ち並ぶ、高さ五十センチばかりの五百三十五尊者の羅漢たち。思わず遠田は微笑を洩らした。

酒をくみ、湯を沸かし、隣の尊者と内緒話をし、居眠りをし、あんまを取る羅漢たち。中には恥しそうに、袖で顔を隠したり、膝に顔をうずめたりしている尊者も居た。

彼らは、心から遠田宗春をなごませてくれる。

遠田には、がやがやと尊者たちの話し声すら聞こえてきた。しかも、遠田にはそこにいるだけで羅漢像独特の一種冷厳でなおかつどこか解き放たれたような雰囲気をひしひしと感じることができるのだ。

遠田は、しばらくの間夢心地だった。見上げると風が掃《は》いた春の青空が広がっている。

「羅漢というのは……」

突然、背後からそう声を掛けられ、遠田はギョッとした。いくら安心し切っていたとはいえ、背後から忍び寄る人の気配に気付かぬ遠田ではない筈だった。ところが、その声の主は、全く遠田に気付かれず、近寄って来ていた。

その男は、遠田の驚愕の表情を無視して言葉を続けた。

「不思議なものですねえ」

ウィークデーなので、他に観光客もいない。その男は、背が低く、突き出た広い額をして黒縁の大きな眼鏡を掛けていた。見たところ、学者の卵といった風体で、黒いスラックスにグリーンのチェックのブレザーを着ていた。年齢は遠田と同じくらいだろうか、肩にはテナーサックスのケースらしい黒いハードケースを下げている。

「特にこの喜多院の羅漢たちは不思議だ。目の前で見ると、ユーモラスで人間臭いのに、少しばかり離れてみると、恐しいくらいの迫力がある」

独り言のように、その学者の卵ふうの男は言った。遠田は首をひねった。この男こそ不思議な男だった。これだけ近くにいて、しかも話までしているのに、いっこうに気配らしいものが感じられないのだ。

退屈しのぎなのだろうか、突然話し掛けてきて、彼は何の屈託もなくしゃべり続けた。

「御存知ですか。羅漢というのは、大乗仏教が栄えるまでは、仏教修行者の最高の位を指す言葉だったそうです。羅漢、または阿羅漢というのは、古代インド語のアルハットの音訳で、もともとは、苦悩、苦悩の起源、苦悩の克服、克服への道という四つの真理と、それぞれ、認識し、実現しようとし、実現してしまった、という三段階計十二様態をすべてその身に完成し輪廻から解脱《げだつ》した者を指す言葉だったということです」

遠田は啞然としていた。音を立てて吹き抜けてゆく風の中で、全く気配を絶った男が、五百羅漢を前に、羅漢についての講釈を始めたのだ。その口調は、何か昔をなつかしむような趣きがあった。

「あなたは……」

ようやく一声遠田が言った。すべてを鎮静させるような声だった。

「失礼……。つい彼らの前に来ると興奮をしまして……」彼は立ち並ぶ尊者たちを指差した。

「私は、猿沢秀彦《さるさわひでひこ》と申します。ある大学の研究室に通っていますが……」

彼は、どこか夢から覚めたような顔で言った。

「専門は仏教哲学か何か……」

遠田はそう尋ねた。

「いいえ、音楽大学で、理論を研究しています」

「それはテナーサックスですね」

「ああ……。これはただの趣味でして……」

彼は、肩の黒いケースを軽く叩きながら言った。遠田はふと表情に疑問の色を浮かべたが、猿沢と名乗った男は、それには取り合わずゆっくりと羅漢たちを見回しながら言った。

「彼らが好きでよくここへ来るのですよ。あなたをお見かけした時、あなたもきっとそうにちがいないと思い、声をお掛けしたのですが、どうも調子に乗り過ぎたようで……ご迷惑だったかもしれませんね」

遠田は、この不思議な男に警戒心を抱いたまま、妙に興味を覚えた。

「決して迷惑ではありません。よろしければ、もっと聞かせていただけませんか。羅漢について」

これは半分遠田の本心だった。彼は、羅漢像たちとはずいぶんと馴染みだが、羅漢そのものが何なのか、正確に知っている訳ではなかったのだ。

猿沢の目が一瞬輝いた。

「喜んでお話ししましょう」

二人は、喜多院を後にして、喫茶店へでも行こうと歩き出した。二人は、肩を並べて庭園を出て、五百羅漢と離れて行った。

入口になっているおみやげ屋のあたりに来た時、二人は同時に立ち止まって、互いに一瞬不思議そうな顔で相手の顔を見た。

猿沢がはっとしたように尋ねた。

「どうかしましたか」

「いえ……」

遠田は低く答えて目をそらした。

遠田は、五百羅漢の中で猿沢の気配を感じなかった理由を今悟った。

彼の持つ気配は、羅漢たちの雰囲気と全く同じものだったのだ。

保護色のように、五百羅漢のかもし出す雰囲気に呑まれ、感じ取れなかった彼の気配を彼らから遠く離れることによって、遠田は察知することができたのだ。

次に驚いたのは、遠田がそれに気付いた時、猿沢も同様の反応を示したことだった。

遠田は珍しく顔が蒼ざめるほど緊張していた。

「羅漢というのは人でも仏でもないということですが……」

遠田は、小さな喫茶店に入り席に着くなり尋ねた。

「初めに言っておかねばならないのは、時代によって羅漢そのものの解釈が変遷していることです。原始仏教から部派仏教に至るまでの間は、先程申したように、羅漢は輪廻を解脱した者です。つまり、その意味で言えば彼らは仏です」

「なるほど……」

「ところが、大乗仏教の興隆により、羅漢は、独覚、声聞の最高位に過ぎないということになり、おおいに批判されました。その意味で言えば人間です」

「何ですか、そのドッカク、ショウモンというのは」

「大乗仏教から小乗と呼ばれる仏教の修行者たちです。独覚は十二因縁の道理を悟り、自分だけで悟りを開いた者、声聞というのは、もともと、『師の教えを聞く者』という意味で出家修行をした人々を指します。彼らは人里離れた地で、ひっそりと修行をしたのです」

「それがどうして批判されるのですか」

「大乗というのは、他人を救済するという要素が加わるのです。仏教が近代宗教として成熟した証拠でしょう。独覚や声聞の最高位である阿羅漢は、他人を救うことはしないのです。個人が真理をきわめるだけなのですから」

猿沢は、ここで言葉を切った。ウエイターがコーヒーを持って来たのだ。ウエイターが去ると話が続いた。

「そして大乗においては、羅漢に代わり、菩薩というのが、修行者の最高位に置かれました。菩薩というのは『仏陀になる資格をそなえた者』という意味です」

「なるほど、大乗仏教が盛んになるにつれ、羅漢の地位は低くなっていった訳ですね。なのになぜ全国にあれほど羅漢の像が残されているのだろう。聞けば中国にも数多くあるそうじゃないですか」

「それは老荘思想の影響、あるいは禅の興隆によるものでしょう。禅や老荘のある境地に至った人として羅漢が描かれ、再認識されたのです。賓度羅跋囉惰闍《ビンドラバラダージャ》尊者から注《チュ》茶《ダ》半吒迦《ハンタカ》尊者までの十六羅漢は、どれも禅や老荘の思想が興隆してから作り上げられた真の自由人の姿です」

「…………」

遠田は、複雑な表情だった。どうも釈然としないのだ。自分が羅漢たちから受ける強烈な印象と今の説明にはどうしても大きなギャップを感じざるを得なかった。自分の思い込みが大き過ぎたせいか。彼はそんなことを思って半ばがっかりした。

「納得していませんね」

猿沢がそう言った。遠田は、彼の顔に思わず目をやった。見ると、猿沢の顔つきが変化していた。

それは、彼がコーヒーをすった直後のことだった。猿沢の表情には、太々しいまでの自信に満ちた笑いが浮かび始めていた。その額のあたりから、異様な迫力が伝わってくる。さすがの遠田も気圧される思いだった。

「今、私がお話ししたのは、あくまでも一般に言われている説明です。あなたはどうやら、それだけでは満足されなかったようだ。よろしい。真実をお話ししましょう」

その言葉の端々にも迫力とも言える自信がみなぎっている感じだった。

「羅漢は、確実に存在しました。地位とか階級の名ではなく、本当にいたのです。いや、いつの時代でも存在し続けているのです」

「…………」

「彼らは人間の力をはるかに超えた血を体内に持っています。その血は、大自然が人類の中に送り込んだ種子なのです。宇宙の意志を認めさせ、実現しようとし、実現させるために発芽すべき種子なんだ。いいですか。羅漢は聖人ではありません。彼らは常に超人でした。宗教、政治が近代化していくなかで、超人の存在はうとましくなっていきました。しかし、羅漢は居た。存在し続けたんです。歴史のあらゆる場面で、世界のあらゆる土地で、そしてあらゆる分野で活躍し続けたのです」

猿沢は、顔を紅潮させてしゃべった。声は決して大きくないが、異常なほどの自信と迫力が、その時の彼にはあった。

「先程の問いにお答えしましょう。羅漢というのは、人ではありません。まして仏などではありません。ある時は鬼にも魔にもなる存在なのです。羅漢というのは、宇宙の意志を告げる血そのものなのです」

遠田は、猿沢の急変に面食らったものの、今の言葉の意味を、しっかりと納得していた。

「私には、判るんだ」

独り言のように猿沢は言った。

「どうして、あなたには判るんですか」

遠田はそう尋ねた。猿沢はしばし思案してから、意を決したように話し出した。

「あなたになら、お話ししてもいいでしょう。そんな気がします」

遠田は頷いた。

「昔からそうだったのです。子供の頃から、妙な閃《ひらめ》きが頭の中をかすめるのです。それが寄り集まってひとつの体系を、勝手に組み立てるのです。ちょうど、目覚めながら、頭の別の部分で夢を見ているといった感覚を思い浮かべていただければいいでしょう」

「それが、すべて真実だと……」

「いろいろな事をずばりずばり言い当てるので、気味悪がられたものです。それで幼な心に、その力を自分で封じる努力をするようになったのです。しかし、どうした訳か、このコーヒーを、特にキリマンジャロ産の豆のコーヒーを飲むと、不思議とその呪縛が解けてしまうのです」

遠田は笑わなかった。並の人間なら笑い飛ばしただろうこの話を、遠田は真顔で聞かざるを得なかった。そうさせたのは、羅漢像に通ずる猿沢の雰囲気だった。

「それが、心理的なものか生理的なものかは自分でも判らないのですが……」

「いつどうやって、あなたは羅漢と出会ったんですか」

「それも、閃きのせいです。偶然、学生仲間と観光旅行に出かけた時、丹波の清源寺にある木喰の彫った十六羅漢を見て、強烈な念波のようなものを感じまして……」

この木喰は、江戸時代の本物の木喰の方だ。

「なるほど……」

遠田がそう相槌を打った時、猿沢は、ふと何かに気付いたように、遠田の顔を見つめた。

「どうかしましたか」

遠田が、猿沢に尋ねた。

「何かをお探しですね」

「…………」

「誰かを、と言った方がいいかもしれない」

猿沢の言う閃きが、彼の頭の中をかすめたようだ。

「どうやら、あなたの言ったことはすべて本当らしい。その通りです」

「それは、私が探し求めているものと同じものかもしれない」

「え……」

「そして、どうやら、すでに気づかぬうちにあなたは、その人たちと出会っている筈です。私にはそんな気がします」

「驚いた。たいした易者になれますね」

遠田は苦笑を洩らしながら言った。

「確かに言われてみれば、思い当たる節があります。私は、木喰と名乗る坊さんに会っている。そして、その木喰と一緒に旅をしていた不思議なドラマーと会っています。そして先日、なぜか強烈な印象を与える男と、西荻で会いました」

「強烈な印象……」

「そうです。さきほど、あなたは私に対して何かを感じられたようだった。私もそうでした。それと同じような印象です」

猿沢は、遠田の言葉を聞きながら、コーヒーの残りを飲み干していた。

「どうです。一緒に西荻へ出かけてみませんか」

猿沢が言った。

「え……」

「面白いことになりそうです。私の勘が、しきりに訴えかけているのです」

遠田は、笑みを浮かべながら頷いた。

「ぜひ……」

二人は店を出た。川越の町は、静かに暮れかかっていた。

11

西荻窪の一角に、人が溢れていた。古丹神人が芥川のライブスポットで演奏をする日なのだ。

この街では、すでに馴染みの風景だった。見るからにジャズファンといった風体の連中から、果ては女子高校生までが、芥川の店の前にわんさと詰めかけているのだ。

「このままじゃ社会問題にもなりかねんな」

「商店街の手前もあるし、第一、道交法かなんかに触れるんじゃないか」

店の者が開店を前に、そんな会話をしていた。店内にある余分な荷物をすべて店の外に運び出すのが、古丹の演奏日の慣習となっていた。

「わははは。何とでも言え。ジャズというのは、もともと反社会的なものだ」

芥川が豪語した。

「すごい人数だな……」

人込みの中で比嘉隆晶はつぶやいた。

「沖縄での俺の人気など問題にならない」

「東京は沖縄より人間が多い、ただそれだけのことでございますよ」

おっとりとした口調で、比嘉の隣りに居た木喰が言った。

「それより……」

木喰は、人波の中にうずまりそうになりながら、列のはるか後方に目を遣りながら言った。

「おもしろい御人がお見えですよ」

「え……」と言って振り返った比嘉は小さく、あ、と声を洩らした。

「遠田宗春じゃないか」

「やはり、我々の後を追って、東京へおいでになったようでございますな」

「俺たちと同様に、古丹神人に目をつけたんだな」

「当り前の成り行きでございましょう。同じ日に、遠田様と比嘉様が御一緒になれましたのも、何かの巡り合わせでございます」

比嘉は、遠田から視線を木喰に戻しながら、言った。

「面白いことになりそうだな」

遠田は、その二人に気付かずに、猿沢秀彦と並んで長い列の中に立っていた。

「なるほど凄い人気だ。私が、あの夜すれ違った男が古丹だとしたら、この人気も頷けそうな気がするがな」

「とにかく、私の勘はびりびりと反応しています。コーヒーの助けなしに、これだけの反応があるというのは、滅多にあることじゃありません。強力な磁場の中に居るような気分です」

「それは、私も感じている。東京で何かあるとしたら、ここをおいて他にはないだろう」

二人は、小さく頷き合った。

「天野さん……」

古丹が店の中で、いつになく蒼い顔をして隣にいた天野に話し掛けた。

「どうした」

「今夜あたり、何かが起きそうな気がするんです」

「え」

「妙に胸騒ぎがするんです」

天野は、変に落ち着かぬ古丹を見て、彼の方が不安になってきた。

「芥川さん」

店の若い者が駆け込んで来た。

「テレビ局の人がカメラを持って外の様子を映してるんですが、中にも入れてくれと言い出して……」

「店の外でやる事は勝手だ。だが、店内には一歩も入れるな。店のスペースは客だけで精一杯だ。カメラなんぞ入る余地はない。無神経に、ライトを当てられるのもたまらんしな」

芥川が妙に興奮して言った。興奮しつつ、やたらに嬉しそうだった。

古丹のマスコミ嫌いという風潮が、マスコミによって築かれていった。もちろん、本人もマスコミやマスプロダクトの音楽が好きな訳ではないが、やみくもに拒否するほどのものでもないと思っていた。要するに、どうでもいいのだが、芥川や彼の店の者、取材に来た連中や、誘いをかけてきたレコード関係者、天野の記事などが相互作用をおよぼし、そういったイメージを作り上げていった。

　開店の時間になった。狭い店に、どっと人がなだれ込んでくる。例によって可能な限りの客を詰め込むのだ。

　これには芥川も申し訳なく思っているのだが、なにせ、古丹がこの店でしかやりたがらないのは事実で、これはどうしようもなかった。

　今夜の古丹は、なぜか極度に緊張していた。客の目にも、芥川や天野の目にも判りはしなかったが、彼の自然界の本能がビリビリと警告を発しているのだった。

「客の中に誰か居るのではないですか」

　古丹は再び天野に言った。

「誰か？　誰だい……どんな奴だ」

「それは判りませんが、確かに変だ」

　そう言われ、天野は、カウンターの脇から首をつき出すようにして客席を眺め回した。客席は、よくこれだけ人が詰まるものだと思うくらいの人数で埋まっていた。学生風なのからサラリーマン風の客、男、女、とにかく雑多な顔ぶれだ。

　天野は、一度見回して古丹に戻しかけた視線を、はっとしたように店の一角に走らせた。

天野の目は凝然《ぎようぜん》とその一点に凍り付いた。

木喰が居る！

「猿沢さん」

鮨詰めの立ち見客に混じっていた遠田が緊張した声を上げた。

「どうしました」

「先ほどお話しした木喰と名乗る坊さんと、比嘉という沖縄のドラマーが来ています」

遠田もようやく二人の存在に気付いたようだった。

「なるほど、磁場に吸い寄せられる磁石のように、この店に集まって来たようですね。偶然とは思えませんね」

木喰たちと遠田たちは互いにかなり離れた位置にいて、超満員の客のために移動して声を掛け合うこともできずにいた。

目に見えない緊張の糸が、古丹、遠田、比嘉、そして猿沢を結びつけていた。

「お、おい、木喰が来ている」

慌てて天野は古丹に言った。古丹は、目を鋭く光らせた。

「いるのは木喰だけですか」

「こんなに混んでるんだ。誰かが一緒だとしても、どれが連れだか判りはしない。とにかく、行ってみないか」

古丹は頷いた。

二人は、しゃにむに客をかき分け、椅子をまたぎ木喰のところへ歩み寄った。古丹が客席へ歩み出て来るのを知って、立ち見のファンも何とか道を開けようとしていた。

それに気付いた木喰は、なつかしげな笑顔を二人に向けた。二人にとってはその笑顔はあまりに状況にそぐわないものに思えた。

「木喰さん」

天野はそう声を掛けた。しかし、それ以上何を言ったらいいのか、咄嗟には判らなかった。その間を木喰が救った。

「しばらくでござります。何やら大変な人気と聞き申して、やって参りましたわ。なるほど、これはえらい人気じゃて」

古丹が何か言おうとしたが、それよりも早く木喰が隣の男を二人に紹介した。

「沖縄のドラマーで、比嘉隆晶様でございます。こちらは、天野様に、古丹様……」

古丹は、そのちりちりの短い髪をした精悍なドラマーを見た。とたんに全身に戦慄が走った。

それは比嘉にとっても同様だった。二人は、無言で、見つめ合っていた。

「もう一人、ぜひとも古丹様にお会わせしたい人物が、この店の中においででございます」

木喰が言った。

「あそこにいる」

比嘉隆晶が指差した。その方向を見た天野は、小さく、あ、と叫んだ。その反応に、比嘉と木喰の方が少しばかり驚いた様子だった。

「御存知ですか、彼を」

比嘉が尋ねた。

「知ってるも何も……。今や、幻のテナー奏者と、伝説にすらなっている猿沢秀彦じゃないか」

え、と言って、木喰と比嘉が再びその方向を見た。

「なるほど」

木喰が呟いた。

「どうやら、遠田様のお連れのようですな」

木喰が比嘉に向かって言った。

その遠田と猿沢が木喰たちの遣り取りに気付いて、必死に人をかき分けて、彼らのところへやって来ようとしていた。

「しばらくです。お坊さん」

静かな声で遠田が言った。とたんに、客のざわめきが遠のくような雰囲気に囲まれた。遠田がそばに来ただけで、隔離されたような独特の空間が、五人の男を包み込んでしまったようだった。

「私が申しましたのは、この方のほうでござりました」

木喰が天野と古丹に言った。

「遠田宗春様、京都のベーシストでござります」

古丹は、一度すれ違ったことがあるだけの遠田のことを、はっきりと覚えていた。

「猿沢……」

天野は、複雑な表情で声を掛けた。

「天野さんでしたか……、どうも御無沙汰しています」

「突然、現役を退いて、音大の研究室へ行ったというニュースだけは聞いていたが、その後はどうしていたんだ」

「今は、母校で講師をしています。毎日、のんびりと暮らしていたのに……、こんな奴らが現れたんじゃ、私の平穏な生活も終わりのようですね」

猿沢は嬉しそうにそう言った。

「あんたが、ジャズをやめるというニュースが我々の間に流れた時は、大変なショックだったが、今は、それ以上のショックを感じているよ」

天野は、本当に恐ろしそうな顔でそう言って四人のジャズマンの顔を眺めた。

「いずれも、古丹様に劣らぬ力量の持ち主と拝見いたしました。さて、これからは天野様の出番でございます……」

木喰にそう言われ、天野は頷くと芥川のところへ大急ぎで駆けて行った。と言っても客をかき分けながらだ。彼の頭の中では、「いったい、どうなるんだこれから」という言葉が繰り返されていた。

天野の目の色を見て、今度は芥川が慌てていた。天野は、ドラムとベースを用意するよう芥川に言っていた。

天野も無理は承知の上だ。押し問答の末、芥川が圧し負かされたようだ。店に置きっ放しになっている楽器のうち、使えそうなものを、店の従業員が客をかき分けかき分け、大慌てで引っ張り出しにかかった。

開演時間が三十分もおした上、何やらステージにドラムがセットされる様子を見て、客がざわざわと騒ぎ始めた。

古丹たち四人のプレイヤーは楽屋代わりの入口わきの小部屋に引っ込んでしまった。四人の間で何が話されているのか、誰も想像することはできなかった。

落ち着かない雰囲気になってきた店の中で、ひとり木喰が柔和に笑っていた。ふとまさぐるような目を宙に向けると、木喰はこう呟いた。

「四阿羅漢、結集《けつじゅう》……」

# 羅《ら》漢《かん》進《しん》撃《げき》

## 1

「このベース、誰んだ」

「いいから、とりあえず引っ張り出せ」

店の従業員たちが忙しく立ち回っていた。ステージの上では、すでにドラムセットが組み立てられていた。

「何、あの猿沢が来てるのか」

天野から何度説明されても釈然としない顔をしていた芥川が「猿沢」という名を聞いただけで態度を一変させた。

天野が何千語を用いて、比嘉や遠田のことを説明するより、猿沢の名は効き目があった。猿沢秀彦というのは、それほどの伝説を持ったプレイヤーだった。

客たちは、訳の判らぬ顔でステージを見上げていた。古丹のソロを楽しみに集まった聴衆たちだから、当然面白くない、という表情だ。

　四人のプレイヤーは、楽屋代わりの小部屋から、まだ出て来る気配を見せなかった。

「いったいどんな演奏になるんだ」

　期待というより、恐怖に近い表情で天野は呟いた。脇の下を冷たい汗が濡らしている。

「なんだって」

　その天野の呟きを聞き留めて、芥川が言った。

「どんな演奏をするか予想もつかないのに、予定を変更してウチの者に用意をさせてるのか、あんたは」

「当り前だ。誰だって予想などできるものか。考えてもみろ。古丹、猿沢級のプレイヤーが、四人も集まっているんだぜ」

　そう言われ芥川は黙ってしまった。

　急に店内に冷たい空気が張りつめたような気がして、客たちが入口の方を振り返った。

　四人のジャズマンが姿を現した。客はざわめきを消してしまった。

　四人のプレイヤーはステージに歩み寄り、それぞれの楽器に着いた。

　比嘉は、腰掛けの高さを調節してから、腰を降ろし、ハイハットとバスドラムのペダルの調子をみる。

その二つを踏み鳴らしながら、シンバルやスネア、タムタムに手を伸ばし、ネジをゆるめて、位置を正した。

遠田は、うつむき加減で、塗料もところどころはげ落ちたベースのチューニングをする。ピアノの助けなしで、弦を締めたりゆるめたりしている。

猿沢はテナーサックスのマウスピースを口にくわえると、リードをしゃぶり、何度もグリッサンドしてキーの調子と音程を確めた。

古丹は、猿沢のチューニングのために、音を出してやっていた。

客席は再びざわめき始めていた。突然予定を変更したことに対し、明らかに不満そうな顔をしている者もいる。たぶん、どんなに有名なジャズマンだろうと、古丹とジャムセッションをやるのには、彼らは不服だっただろう。それくらい、ファンにとって古丹というのは特異な存在になっていた。

芥川がステージに出ざるを得なかった。彼は四人のことを手短かに紹介した。中には猿沢を覚えている客もいるらしかったが、露骨に舌打ちをする客もいた。

だが、四人のプレイヤーは全く意に介さない。四人とも、独特の雰囲気を周囲にまき散らしている。いったいどんな相談が四者の間で交されたのかは誰も知らない。リフレインを書き留めた様子もない。この四人がどんな演奏を始めるのか、誰にも想像がつかないのだ。

さすがの木喰までが、その両頰から微笑を消していた。天野は顔面蒼白だ。

猿沢が、ひとりステージを降りて、芥川のところへやって来た。

「猿沢……」

芥川が幽霊を見るような目で彼を見た。

「どうも、しばらくです。済みません。コーヒーがあったら一杯もらえませんか」

芥川は、怪訝そうな顔をしながら、ポットの中に残っていたコーヒーをカップに注いで手渡した。

「ありがとう」

猿沢はブラックのまま、それをすすり、大急ぎで飲み干した。カップを持ったまま彼は目を閉じ、放心したような表情を浮かべた。

やがて、その表情に変化が現れた。うなじのあたりの髪が少しばかり逆立ち始め、自信と迫力が溢れてきたようだ。

彼は目を開いた。今まで気弱そうに見えていた彼は、その瞬間に、どんな豪傑もよけて通りそうな男に変化していた。

周りの者はあきれてその様子を見ていた。彼はステージに戻った。

古丹が比嘉を見た。比嘉はそれを受けて遠田を見る。遠田は猿沢を見る。猿沢は不敵な顔で頷いた。

天野は思わず、ぐっと身を乗り出していた。

古丹と比嘉が頷き合った。古丹は鍵盤に指を置き、比嘉がスティックを振り上げる。

次の瞬間、ステージ上で何かが爆発した。少なくとも、聴衆にはそう感じられた。客は残らず、びくりと飛び上がっていた。

それはピアノの和音と、トップシンバル、フロアタム、バスドラム、それにベースの音の砲弾だった。

間髪を入れず、比嘉がスネアでロールを始める。

遠田が、一番細いG弦のネックのつけ根のあたりで早弾きを始め、古丹が高音部へ展開していった。

客たちの想像を超えた広がりを持つ音が、狭い店の壁にぶつかり、はね返り、充満した。客たちは、ぽかんとした顔でその演奏を見ている。信じられないものを見た時の人間の反応だ。

比嘉がタムタムの短い連打を飛ばす。それを合図に、また音の砲弾が、今度は三発連続して客席を襲った。何人かの客は本当に悲鳴を上げていた。まるで雷に打たれたように感じたのだ。

次の瞬間、サックスも飛び込んできて、一斉に四人はフリーフォームに突入した。

その頃から、このグループ全体が妙な気配を帯びてきた。いや、出て来た時から異様な雰囲気をあたりに漂わせていたが、今、彼らを包み始めたのは、それとは違う、もっと実体感のある異様さだった。

遠田宗春のせいだ。彼は本領を発揮し始めたのだ。

比嘉はぴたりと古丹をマークしていた。古丹は左手で地鳴りのようなパターンを弾き、右手は中音域から高い方へ高い方へと展開してゆく。

比嘉は、右手のシンバルで一定の速度をキープし、左手とバスドラムで、古丹の音を追っかけていた。いつしか、バスドラムが左手のスネアと入れ替わったと思うと、左手は、さらに自在に飛び回った。

ここぞという時には、完全に目に止まらないスピードで両手首が翻って、トップとサイドのシンバルを打ち鳴らす。強烈な音が店の天井を突き破ると思われるほどだ。

遠田が、このグループの雰囲気作りを全面的に引き受け、比嘉が演奏のペースメーカーとなっていて、全体的なリズムパターンの流れをすべて決定していた。

面白いのは、サックスの猿沢だった。彼のサックスには、全く淀みというものがなく、高音から低音まで、広いレンジから、次々とフレーズが流れ出してくる。

しかも、そのパターンが、一本の裁縫の糸のように、残りの三人の演奏を縫い付けていくのだった。

さすがの古丹も、猿沢には舌を巻いていた。時々、フレーズを先回りされるのだ。古丹が出そうとしたラインを先にサックスが吹き鳴らしたり、あるいはピアノと同時に吹いたりするのだ。

それは閃めきというより予知能力と呼んだほうがよかった。

個性的なソリストが集まると、互いにその個性を打ち消し合い、魅力が半減してしまうことがある。

しかし、このグループは違っていた。超弩級の四人が、それぞれ触発し合って、燃え上がるようなフリーを展開していった。

次第に古丹のピアノが前面に出て来て、比嘉たちは徐々に音を抑えていった。まずサックスが鳴り止んだ。次にベースがEの開放弦を弾き飛ばしたままブレイク。比嘉は、ハイハットだけを左足で踏み鳴らしていたがやがてそれも止んだ。

古丹が躍り出る。ピアノソロだ。ヒステリックなくらいに疾《はや》いパッセージの中から、古丹独特のメロディラインが顔を出す。いつしか、ピアノは朗々と歌い始めていた。

聴く者すべてを、不思議な擬似ノスタルジアの世界へ誘うピアノだ。聴衆たちは、いつかどこかで垣間見たような気がする大自然の風景を見ていた。それは、はるか昔、人類の祖先たちが見ていた風景なのかもしれない。

相変わらず、茫然とした客の中で、いち早く異なる反応を示し始めたグループがあった。

三人連れの黒人たちだ。彼らは、最初小馬鹿にしたような表情で古丹の演奏を聴いていたが、そのうち、それは驚愕の表情に変わっていた。さらに今、別の表情に変化しつつあった。

大きな目で彼らはじっと古丹を見つめていたが、そのどの目にも、わずかに赤味がさしてきていた。やがて、そのうちの一人がくしゅんと鼻を鳴らした。

それからというもの、三人は、傍目も気にせず、その大きな目からポロポロ涙を流し始めたのだ。

古丹の演奏は、どんどんと盛り上がっていった。爽快な風が店内を吹き抜けていくようだった。

その頂点で、比嘉のバスドラムとトップシンバルが響いた。

再びフリーフォームに突入してゆく。今度は、ソロが遠田に渡る。

うつむき加減の彼は表情ひとつ変えずに、早弾きを始めた。その音のパルスの間、開放弦の強力なアクセントが入る。

そのアクセントの度に、ステージ上の空間がぐらりぐらりと動くのを客は感じていた。床がせり上がって来て、そのまま、店全体が無限の空間へ吸い込まれてゆくようだった。

遠田は、空間を自由に操り、客との間に三昧に似た境地を作り上げていった。

やがて、遠田は同じパターンを何度も繰り返し始める。

それを猿沢が受けた。同じメロディラインを吹き鳴らす。それが、どんどん早くなっていった。音がすべて連続して聞こえるほど早いフレーズが続いた。

そのソロを聴いて、古丹、比嘉、遠田の三人は心の中でニヤリとしていた。あの音の力強さ、滑らかさ、そして早さ。彼も間違いなくこの三人の仲間だったのだ。

一度低い音でバリバリというフレーズを吹いておいて、猿沢は一気に音の階段を駆け登った。

ピーッという音のまま、降りて来ない。音はいつまでも続くようだった。

突然、タムタムの三連打から、比嘉のフロアタム、バスドラム、サイドシンバルが飛び込んできた。

客たちは見事に反応して、体をびくりと震わせた。

次の瞬間に、ピアノとベースも入る。四人でひとしきり暴れた後、比嘉がタムタムを三連打した。

それを合図に、また四人一丸となった音の砲弾が三発飛んで来る。

比嘉のスネアが疾走を開始した。ドラムソロだ。全速力で走る蒸気機関車のような音と迫力だ。それにバスドラムの地鳴りが加わり、時々、トップシンバルの音が入る。左右のスティックでスネアを打ち続けているのだが、見えない疾さで右手が返っているのだ。

両手両足をフルに動かし、スティックは宙に多種多様な大小の円を描き始めるが、その脇はぴしりと締まり、肩から胴体にかけては、どっしりと動かない。上目づかいに、時々トップシンバルを睨み付けるが、その目には炎が見えるようだ。

やがて、左右のスティックが、ドラムセット中を駆け回り始める。様々な音が、多彩に組み合わさり、折り重なってゆく。くるくると回転しながらも一直線に突き進んでいくような複合《ポリ》リズムだ。

右手のスティックが耐え切れず砕け散った。破片を放ると、比嘉は、それが宙にあるうちに、脇にあったスティックを取り出す。取り出されると同時にそのスティックは大小の円を宙に描いていた。

店内はびりびりと震動していた。一瞬の休みもなく、猛烈なドラムの音が響き渡るのだ。地下の店なので窓はないが、もしガラス窓などあろうものなら、砕け散っていたかもしれない。

音という音がドラム中から叩き出される中で、比嘉は、古丹に目配せした。古丹が頷く。

比嘉は、トップシンバルと、バスドラム、ハイハット、サイドシンバルを一気に叩き鳴らした。炸裂音が店の壁にがんがんぶつかる。

さらにすぐさま、スネア、タムタム、バスタムと流れ、タムタムの三連打と続く。

それを合図に、また四人が揃ってフリーフォームで飛び出した。四人とも、楽器の限界を超えるような音を客に浴びせかけた。

客の何人かが、ふわふわと操られるように立ち上がり血走った目をして何かを叫び始めた。

音の洪水の中で、客は次々と立ち上がっていった。皆口々に喚声を上げるが、四人の楽器の音に完全にかき消されている。

やがて客は総立ちとなった。

四人は、吐き出せるだけの音を吐き出した。比嘉が古丹に、猿沢が遠田に目で合図する。

比嘉のドラムが、スネア、タムタム、フロアタムと流れた。そして、ハイハットのペダルを上げたままで、一発ひっ叩き、それを一気に踏んづけて、ピシャリと締めくくった。

その瞬間に、あとの三人もピタリと鳴り止んでいた。

ウォーという咆哮の固まりが、客席からステージに投げ掛けられた。

比嘉は嬉しそうに顔をくしゃくしゃにして笑っていた。古丹も、にこりと照れ臭そうに笑っている。猿沢はどこか放心したような顔をし、遠田は相変わらず冷やかに無表情だった。

客席は狂乱の渦と化した。その開けっ広げの大騒ぎを見ながら、茫然とした顔で芥川が言った。

「初めてだぜ、こんなの。客がこんなに騒ぎ出す演奏なんて、日本のジャズの歴史始まって以来初めてだ」

天野も同様に放心したような顔のまま言った。

「ああ……。いや、一度だけあったぞ。六十年代半ばのことだ。ドラムの神様エルビン・ジョーンズと、山下洋輔が、セッションをやった時の一件だ。あれ以来の出来事だ」

客たちは、ドアを開け放ち、外へ繰り出した。興奮が店のキャパシティをオーバーしたのだ。

店の外で古丹を待ち受けていた二、三の報道関係者は、一瞬立ちすくんだが、やがてカメラのフラッシュとビデオカメラのライトで、その一群を照らし始めた。

どこかで待機していたのか、次々とマスコミの車がやって来る。時ならぬ騒ぎに、野次馬も集まって来た。

遠くパトカーのサイレンも聞こえ始めた。深夜の西荻窪の一角は、一瞬にして火事場のような騒ぎに包まれていった。

## 2

その夜を境にして、芥川の店はジャズの話題の中心地となってしまった。それどころか、あらゆる音楽関係者や音楽ファンたちの注目の的となってしまったのだ。

そして、その夜のために、古丹の活動と北海道での人気が、そして比嘉と遠田の沖縄、京都でのブームが静かに準備を進めていたことに、マスコミが今になって気付いたのだ。

「とにかくあの四人はすごい人気になったもんだ。ジャズといえば主流はクロスオーバーに移りつつあったのに、あっという間にフュージョンバンドはかすんじまったな」

天野は、きょうも芥川のところへ来て、彼と話をしている。

「要は力関係だ。大波は小波を呑み込む。自然の理だ」

「ジャズというのは、あくまでマイナーな存在だった筈だ。特にフリーなんてのはな」

「聴衆が耳を取り戻したんじゃないの。ジャンルにこだわってるのは、むしろこっち側で、聴衆の方がもっと自由に音楽を楽しむようになっている。彼らにとってジャンルなんてどうでもいいんだ」

「なるほどね」

「これまでのヒットというのは、マスコミや宣伝で作られたものだってことは、今や小学生でも知ってる。クルークマンって知ってるかい」

芥川は、物知り顔で言った。

「何だいそりゃあ」天野が訊き返した。

「心理学者だがね。好きでもない音楽でも、反復して何度も聴くことにより、その音楽に対する欲求が生じることを、実験的に証明したんだ」

「へえ」天野は驚いた顔で芥川を見た。

「マスコミやレコード会社が今までやっていたのがこれなんだな。ＣＭからヒット曲が生まれるのは、いい例だ。奴ら、聴衆の好みまで操っていたんだ」

「学者だねえ、あんた。見かけによらず」

「今ごろ知ったか」

「見直したよ」

「実は、猿沢に聞いたんだ」

芥川は言った。天野は、やっぱり、といった顔をした。芥川はさらに続けて言った。

「古丹や比嘉たちのグループは、言ってみれば祭りだ。血腥《なまぐさ》いくらいに力強く底抜けに楽しい祭りなんだ。祭りはジャズの……いや音楽の原点だと俺は信じてる」

「きょうはなんだか神妙だね。でも、それは当たってる。ようやく祭りが復活したって気分だね」

「古丹たちが、老若男女を問わず受けるのは、そのせいだよ」

二人とも評論対談をやっているような気分でそんな話をしていたが、実はあの夜、芥川は警察から厳重な注意をくらっていたのだ。

ああいう状況では、警察はほぼ無条件に客たちを引っ張れるのだ。道路交通法違反、無届け集会等々何でもこじつけることができる。何人かの客がビールのびんでも持っていようものなら凶器準備集合罪が成立する。

それでも、一人の逮捕者も出なかったのだから、芥川としてもまあ面目を保てたというものだ。

古丹たちは相変わらず、西荻窪で大暴れを続けていた。

彼ら四人の影響で、にわかに他のジャズマンたちも活気づいたようだった。芥川の言葉を借りれば「祭り」に火がついたという感じだ。今までパッとしなかったジャズグループにまで、客が押しかけ始めたのだ。

西荻窪の芥川の店は、いつしか、四人の城となっていた。たいして広くない店だが、昼間、生演奏が始まるまでの間、必ずといっていいほど、四人は顔を合わせていた。いや、今や、四人だけの城ではない。そこはブームの中心、祭りの中心だったのだ。

「何かおかしいな」

ある日、その芥川の店で比嘉が言った。そこには木喰も居た。

「何がですか」

猿沢が紅茶を飲みながら尋ねた。

「最近、店の周りに急にマスコミの姿が見えなくなったと思わないか。以前は必ず何人か居た筈なのに……」

「そう言えばそうだ」

芥川がカウンターの中から言った。

「なあに、飽きたんだろう。奴ら、飛びつくのも早いけど飽きるのも早い」

「それだけだろうか」

比嘉が妙に気になるような顔で言った。

「実は……」

猿沢も言った。

「私も気になっていたのです」

「気になんかしなくたっていいさ」

芥川は、言った。

「いや、単に報道関係者の姿が見えなくなったというだけでなく……」

ぽつりと古丹までが言った。

「それと同時に、プロダクションの勧誘がうるさくなってきた気がする。今も、天野さんが三社ぐらいの人と会っている筈だ」

「やだね、古丹まで……。まさか遠田は……」

不安そうな顔で芥川は遠田を見た。ひっそりと腰掛けていた遠田は無言で頷いた。

「お前も気になると言うのか」

「何か、不愉快な動きが感じられる」

芥川は、露骨に嫌な顔をした。

「本当にやだな。お前たちがそういうことを言うと妙に真実味があるからなあ」

「マスター」

思いついたように、猿沢が言った。

「コーヒーを入れてくれませんか。キリマンジャロを」

皆、一斉に猿沢を見た。すでに、猿沢がキリマンジャロのコーヒーを飲むということの意味を、ここにいる者たちは皆知っているのだった。

「君がコーヒーを飲まねばならんほど事は逼迫《ひっぱく》しているというのか」

遠田が猿沢にそっと尋ねた。

「それは判りません。だから、飲んでみたいのです」

「いけねえ」

カウンターの下をゴソゴソやっていた芥川が声を上げた。

「キリマンジャロは切らしちまった。他の豆じゃ駄目かい」

「他の豆じゃ、ちょっと……」

「店の者も出払ってるし……、いいや、ちょっと俺が買いに行ってこよう。ついでの用もあるし」

「済みません」

芥川はエプロンを外すと、外へ出て行った。

「コーヒーは、もう飲まないんじゃなかったのか」

比嘉が言った。

「皆さんに会うまではそうでした。自分の異常な能力は、極力封じ込めようと努力していたのです。私は、皆さんと違い、東京の中で人に囲まれて生きてきました。そういう環境の中では、自分の力を隠すしかなかったのです。しかし、この四人の中でならその必要もありません」

「お坊さん」

比嘉は思い出したように木喰に向かって言った。木喰は、今は比嘉だけでなく、この四人全員に対してうやうやしく振舞っているのだった。

「何でござります」

「ちょうど、芥川さんも席を外していい機会だ。訊きたかったことに答えてくれるかい」

「どんなことでござりますかな」

「俺たち四人のことだ」

比嘉がそう言うと、あとの三人は一斉に木喰を見た。

「俺たちが仲間であることはすぐに判った。お互いに会ったとたんに判ったし、一緒に演奏するにつれて、それが間違いでないことも納得できてきた」

「はい」

「ただ、ひとつ、根本のところが判らない」

「ほう」

「俺たちは、いったい何なのだ」

四人の目が残らず光った。その輝きは矢のように木喰を襲った。だが木喰は身動きもせず、目に柔和な光を宿したままだった。

「私も知りたい。いや、ここにいる全員がそれを知りたがっている」

遠田が、催眠術師のような声で言った。木喰はのんびりとした口調で語り始めた。

「別に隠すべきことでもございませぬ」

四人は緊張を隠し切れなかった。

「あなたがた四人には、ひとつ共通点がおありの筈……」

そう言われて、四人は互いに顔を見合った。

「そりゃ四人ともジャズをやっているが……」

比嘉が言った。

「その他にもなにかございましょう」

気付いたように、猿沢が言った。

「確かに私と遠田さんは、二人とも羅漢像に魅せられていました。だから、お坊さんと同じ名の、木喰という人のことも二人とも知っていたのです」

「羅漢！」

比嘉が声を上げた。

「そう言えばお坊さん。俺の技は空手ではなく、中国拳法の一流派に似ていると言ったな。その名が、羅漢拳」

木喰は、にこにこと頷いていた。

「確かに三人は、その言葉に通じているが、古丹が……」

比嘉が言ったとき、古丹が太い声で言った。

「いや」

皆は古丹に注目した。

「俺が、街を捨て北海道の自然の中で家も持たずに生活を始めたのは、その羅漢のせいだ」

「どういうことですか」

猿沢が尋ねた。

「法句経という教訓句集のような経典がある。その中の『阿羅漢の部』に、こういう一節がある。『彼等は、精勤し、熟慮して住宅を喜ばず、鵝《がちょう》の小池を棄つるが如く、彼等はあらゆる住処《すみか》を棄つ』。俺が、人間のたまり場に嫌気がさしていた時に、これをたまたま読んだのだ。住宅とか住処というのは生死界のことを指しているのだそうだが、俺はこれを文字の通りに解釈してしまった。阿羅漢というのは羅漢と同じことだそうだな」

　今度は、三人がびっくりしていた。その驚きから醒《さ》めると、遠田が言った。

「猿沢、前に君が言ったことを覚えているか。喜多院のそばで、君がコーヒーを飲んだ時、言ったことだ」

「覚えてますとも」

「猿沢は、こう言ったんだ。羅漢というのは、宇宙の意志を受け継ぐために、人類の中にまかれた種だ、超人の血そのものだ、と」

　比嘉が珍しく神妙な顔で言った。

「それじゃ、この俺たちが……」

　木喰は、にっこりと微笑した。

「昔の木喰上人《しょうにん》は、日本全国をさすらわれ、多くの羅漢の木像を彫ってお残しになられた。拙僧の役目もそれと同じでございます」

　さすがの四人も、唖然としていた。

　そこへ、ばたばたと芥川が帰って来た。四人の蒼ざめた顔を見て、彼はギョッとした。

「どうしたんだ、変な顔して」

　木喰ひとりが、にこにことして答えた。

「拙僧がつまらんことを申してな……。さ、早く猿沢殿にコーヒーを点《た》ててさし上げてくだされ」

すっきりしない顔で芥川はコーヒーを入れ始めた。四人は、自分たちの蒼ざめた顔に気付き、努めて平静さを取り戻そうとしていた。

やがて差し出されたコーヒーカップを猿沢が受け取った。ブラックのままそれを、ゆっくりとすする。

あとの五人が、その様子を食い入るように見つめていた。

カップを干すと、猿沢は目を閉じた。その小心そうな顔に、みるみる自信が溢れてくる。芥川には感じられないが、古丹たち四人に共通のある雰囲気が、猿沢から強烈に発せられ始めた。思わず三人が、身を引きそうになったほどだ。

猿沢はゆっくりと目を開いた。

「何か判ったか」

比嘉が尋ねた。五人は、じっと猿沢を見ている。

「ああ……」猿沢は言った。

「確かに不穏な影が見えることは見える。我々四人に対して敵意を抱いているものがあるな」

言葉つきまでが変わっていた。

「誰だいそれは」

芥川が興味深げに尋ねた。

「判らない。特定の人物という訳ではないらしい」

皆は顔を見合わせた。比嘉が言った。

「どういうことだい。相手がどんな奴か判らないということなら話は判るが」

「そういう意味じゃない。利害関係を中心にしてうごめく、数えきれないほどの人間たちのとらえどころのない憎悪だ。そう。これは敵意というより、もっと感情的なものだ。憎悪と言った方がいい。そして、その感情は、単一のものではなく、多種多様な感情や利害意識の複合体のようだ」

「意識の複合体の憎悪……？」

遠田が腕組みをしたまま、そう訊き返した。

「ある意味では巨大な力だ。人々の心まで操ってしまうような巨大な力だ。私には、それだけしか判らない。その巨大な力が、我々四人を、深く憎んでいるようだ」

「判ってきたぞ……」芥川が低い声で言った。五人は、芥川に注目した。

「何が判ったんだ」比嘉が尋ねた。

「利害を中心とした人間たち。その感情の複合体。その力の大きさのために、自らの感情までを規制してしまう存在……」

「何だというのだ、それは」

比嘉は苛立《いらだ》ったように言った。

「権力という化物だ」

芥川は言った。

「権力だって……」遠田が訊き返した。

「そう。ひとつは政治という権力だ。民主主義だ何だと言っても、もともと政治というのは力関係のことを言うのだ。そして、もう一つは、第四の権力と呼ばれるマスコミだ。誰でも知っていることだが、政治の腐敗を監視する役割を持つべきマスコミが、現代では、利害関係のもとに、政治とべったりという具合だ」

「それがどうして、俺たちを憎むのだ」

比嘉が言った。

「俺たちは、ただ、あちらこちらから東京に集まって来てジャズをやっているだけじゃないか」

「お前たちは、ただジャズをやっているだけ、などと涼しい顔をしていられる存在か。考えてみろ、お前たちが巻き起こしたブームを。そして、お前たちはマスコミを一切拒否してきたじゃないか」

芥川は、何かを恐れるように言った。

「ただそれだけではなさそうだな」

遠田が静かに言って、猿沢を見た。猿沢は、懸命に頭の中の閃《ひらめ》きを整理している様子だった。彼は言った。

「遠田さんの言うとおりで、問題はもっと深い。権力と芥川さんは言ったが、もし相手が、その権力やマスコミだとして、彼らはどうして我々を恐れるのだろう」

「恐れるだって」

芥川がすっとんきょうな声で訊いた。

「彼らがお前たちを恐れているというのか」

「ええ。彼らの憎悪の裏には、深い恐怖感があります」

その言葉によって、皆沈黙してしまった。何が何だか判らなくなったのだ。猿沢も、それについて明確な答を出せずにいた。部屋の中は古丹たち四人が発し始めた独特の迫力が満ちてきた。芥川一人が、何かにおびえるように蒼い顔をしていた。

その頃、天野は彼が務めているオフィスでプロダクションやレコード会社からやって来る面会者の相手をしていた。

ようやく、最後の面会者の番になって、天野は自分でもぐったりとしているのが判るほどくたびれていた。

「失礼します。私はセブン企画の長谷川と申します」

有名なプロダクションの名を告げて相手は派手な印刷の名刺を出した。年齢は天野より多少上らしい精力的な印象の長谷川という男は、若い男を従えていた。

「どうも。天野と申します」

天野も、名刺を取り出して言った。

「今、出て行かれたのは、確かマイシティ・レーベルの田口ディレクターでしたね。いや、大変な人気ですねえ、古丹さんたちも……」

長谷川という男は大きなよく通る声で言った。なかなか有能な男なのだろう、相手を自分のペースに巻き込んでしまう話術を心得ているようだった。彼は、現在のレコード業界の噂話や、予想もしなかったジャズの復活などの話題を見事な話し振りでしゃべりまくった。

「で、失礼ですが、御用件は……」

天野は、多少おうへいだとは思ったが、相手の話にいつまでもつき合っている訳にはいかず、そう切り出した。

長谷川は、咳ばらいを軽くしてから真顔になって言った。

「お話は、もちろん、古丹さん、遠田さん、比嘉さん、猿沢さんの事務所の件です」

音楽業界で「事務所」というのは、タレントの所属プロダクションのことを指している。

「もう、お決まりでしょうか」

長谷川は天野にすがるような目をして見せた。なかなか演技力もあった。

「ご存知かと思いますが」天野は、一日のうちに何度も口に出さねばならない台詞を溜息まじりに語り始めた。

「古丹神人、遠田宗春、比嘉隆晶、猿沢秀彦の四人は、どこのレコード会社からもレコードを出すつもりはありません。また、特定のプロダクションに所属する意志も持っておりません」

長谷川は頷きながら熱心に天野の言葉を聞くふりをしていた。

「なるほど。アーチストの自由な活動を尊重したいというお気持ちはよく判ります。その立場は我々とも一致すると思います。お互いに充分話し合った上で、契約上の条件を決めれば問題はないかと思いますが」

これも、天野が一日に何度も聞かねばならないお決まりの台詞だった。

「どうやらお判りいただけないようですね」

天野はうんざりして言った。長谷川という男は天野の言葉を、契約金をつり上げるための口上だとしか思っていないのだった。

「いえいえ、充分そちらの立場は理解しているつもりです。幸い、うちはラジオ、テレビのステーション関係のプロモートには古くから定評がありますし、各局のディレクターの方々からも可愛がってもらっていますし、きっと双方にとって満足できるプロモート活動ができると思います。うちへいらしていただけるとなれば、プロジェクトチームを新たに作りまして……」

天野は、同じような台詞を何度も聞かされて、相手に悪気はないと知りつつも、苛立ってくるのを抑えることができなかった。

「だから」

相手には申し訳ないとは思ったが、声を荒げ、相手の言葉をさえぎって天野は言った。

「それが違うと申しているのです」

「は」

長谷川は、ようやく話が自分のペースにないことに気づき、驚いた顔をした。

「古丹たちは、ステーションに対するプロモートも、雑誌に対するプロモートも……いかなる媒体に対するプロモートも必要としていないのです。逆に、ほうっておいてほしい訳です。プロジェクトチームなどとんでもない」

長谷川は、訳が判らない、という顔で天野を見ていた。

この業界にいる人間には、全く信じられない発言だったのだ。彼らの常識を、業界の日常を完全に度外視する発言を天野はしていたのだ。

この長谷川が示した反応にも天野は慣れっこだった。まず、十人中九人の音楽業界関係者がこれと同様の反応を天野にして見せたからだ。

気を取り直して長谷川は言った。

「彼らの自信のほどはよく判りました。それは当然だと私も思います。しかし、それでは長い目で見た場合、業界に生き残るのは難しいと思うのですが……。しっかりとした事務所がどうしても必要になってくる筈です。契約金等の条件も充分に考慮させていただきますが」

完全に話が食い違っているのを天野は感じながら言った。

「いかなる条件を出されても、彼らは契約する気はありません。業界に生き残ると言われるのは、レコードが売れ続け、マスコミの露出が常に行なわれることを指すのでしょうが、彼らはその必要もないのです」

「思い上がりだ」

長谷川の隣にいた若い男が言った。

「そんな考えが、許される筈がない。誰の助けも借りずにプロモートやイベント、コンサートのブッキングが出来る訳がないでしょう」

若い男も、あまりの話の食い違いに苛立ったらしく大きな声を上げていた。

「彼らは、今までプロモートもイベントも、一度だってやったことはないのです。今後も必要ないでしょう。たとえ客が何人押しかけようと、逆に一人もいなくても、彼らは、芥川氏の店以外では演奏しようとしないのです」

天野は、その若い男にきっぱりと言った。若い男は怒りを顔に表していた。長谷川はその男をたしなめるように見ると、天野に向かって言った。

「失礼いたしました。今日のところは、これで帰らせていただきますが、いずれまた詳しいお話をうかがいに参りたいと思います」

天野はそれを拒否するでもなく認めるでもなく立ち上がりながら言った。

「何度来ていただいても、申し上げることは同じですが……」

長谷川と若い男も立ち上がった。

「天野さんほどの評論家ならお判りのことと思いますが……」

帰りしなに長谷川は妙に深刻な声で囁くように言った。

「この業界を甘くご覧になっては、後々ためにならないと思います。この業界でマスコミの人間に悪く思われますと、いろいろ不都合なことがおありと思いますが」

そんなことは百も承知だった。天野は、その言葉を聞き流して、戸口まで二人を送り冷たく言った。

「どうも御苦労様でした」

二人が帰った後、天野は呟いた。

「不都合があるだと？　余計なお世話だ。自分を何様だと思ってるんだ」

長谷川という男が特に不愉快な男だった訳ではないが、日に何人も同じような人間に同じようなことを言われ、天野はいいかげん頭に来ていたのだった。

「もう放っておいてくれ」

天野はそう声に出して言った。

3

古丹、比嘉、猿沢、遠田は超人的な感覚レーダーを常に作動させていた。猿沢が告げた不穏な影の動きに対して迎撃態勢を整えたのだ。

それは普通の人間を驚かせる一種異様な迫力として表面に現れていた。演奏は、ますます凄味を帯びてきた。

月に二回ほどだった彼らの演奏は、押しかける客のために、週に一度に増やさねばならなくなっていた。都合がつくときは、週に二度、三度ということも珍らしくなくなってきた。

夕暮れが迫りネオンや街灯が点され始めた西荻窪の街に、様々な恰好をした人々の長い列ができ、芥川の店の中からドラムのチューニング、ミキシングバランスを取るリハーサルの音などがかすかに流れてきた。

店の中では、開店の用意に従業員が動き回っている。

「どうも人相が良くないのが何人か来ているな」

外へ用を足しに出ていた従業員の一人がマスターの芥川に言った。

「コレモンか?」

芥川は、頬に人差し指で傷を描くしぐさで尋ねた。

「いや、どう見てもちんぴらだけど……。いい気分じゃないね」

「客だから帰れと言う訳にもいくまい。何も起こさんでくれればいいが」

「何も起こさないとしても、ああいう連中はいるだけで他の客の迷惑になるからなあ」

「どうしたんだ」

比嘉隆晶が姿を現して芥川たちの様子に気づいたらしくそう尋ねた。芥川は、いやな客が外に並んでいるらしいことを告げた。

「ふうん」

比嘉は、さほど気にしたふうでもなく言った。

「どんな奴だろうが、俺たちの演奏を聴きたい人間ならお客さんだよ。気にすることはないよ」

彼は、再びチューニングの済んだドラムのところへ行って、軽く叩き始めた。

「あいつはそう言うがなあ……」

芥川は、嫌な気分で時計を見た。そろそろ客入れの時間だった。

客入れが始まると、従業員の言っていたらしい、見るからに素性《すじょう》が悪そうな三人組が傍若無人な態度で店内にやって来た。

「奴らのことだな」

比嘉は、客の流れを見ながら呟いた。

「何がだ」

古丹が、ぼそりと比嘉に訊き返した。

「さっき芥川さんが、嫌な客が来ていると言っていたんだ」

「なるほど……」

古丹もその三人組に気がついたらしい。兄貴風を吹かせた派手なシャツの前をはだけた男が、刺青《いれずみ》の柄の入ったTシャツに黒の半袖シャツを羽織った若い男と、明らかに危険な目をしたラメ入りのジャケットをだらしなく着た男とを従えていた。

「何のつもりだろう」

遠田も無表情に言った。

「何のつもり、はないだろう。俺たちの演奏を聴きに来たのさ」

比嘉が言った。

「何をそんなに嬉しそうな顔をしているのだ」

古丹が比嘉の顔を見ながら尋ねた。

「なにね……。向こうに聴く気がなくても、その気にさせてやろうと思っているだけさ」

比嘉がにやにやしながら言った。それを聞いて、あとの三人は、顔を見合わせて微笑んだ。

混雑した店内で三人は、女の子に声を掛けたり、隣りの男にもっと離れろと凄んだりというケチな嫌がらせをやっていた。

「おい、大丈夫かな。他の客に何もなければいいが」

芥川が四人のところへ来て、言った。

「行こう。俺たちに任せておけばいい」

比嘉がそう言ってステージへ歩み出た。あとの三人は無言で比嘉に続いた。

ステージに立った四人は、それだけで客を威圧するような雰囲気をまき散らした。

例の三人組は、演奏の始まりも気にせぬ様子で下品な大声で何かを話し、笑い合っていた。

比嘉がステージ上の三人に目で合図してカウントを取る。次の瞬間に、ピアノの中音域の和音と、ベースの開放弦、バスドラム、フロアタム、トップシンバル、そして、サックスのグリッサンドが、一気に客席を襲った。

客席は、その一瞬びくりと波を打つ。明らかに古丹たちの演奏を妨害しようとしてやってきたらしい三人組も、びっくりしたような顔で、一瞬ぽかんとステージに目を遣っていた。

古丹のピアノが上昇する展開、猿沢のサックスが下降、ベースはピアノにぴたりと付き、比嘉のスティックは、一度トップシンバルからサイドシンバルを打ち鳴らしておいて、スネア、タムタム、フロアタムと流れた。

比嘉がフロアタムを短く三連打した。

それを合図に、再び全員の音がそろって客席に投げつけられた。

一斉に四人はフリーフォームに突入する。古丹は、独特のモード展開に近い演奏を繰り広げる。

比嘉は、バスドラムで一定のリズムをキープして、古丹の低音にはフロアタムの連打、高音にはシンバルとハイハットで応えながら、スリリングな複合リズムを打ち出してゆく。

遠田は、じっとうつむいたまま、開放弦のアクセントと高音の早弾きを織り成していった。

その三人の演奏をつなぐ糸のように、淀みのない猿沢のフレーズが、激流のように放出される。

遠田の精神力による店内の空間のゆがみが始まっていた。

四人のアンサンブルは、次第に高揚してゆく。

ひとつの山に演奏がさしかかった時、客席で、小さな若い女の悲鳴が聞こえた。

「なあ、ジャズもいいけど、もっと楽しいことしようぜ」

三人組の若い男が、近くにいた若い女に悪さをしているらしい。

猛烈な音を出していても、演奏者には客席の物音はよく聞こえるものだ。比嘉は、三人に目配せをして、タムタムを連打した。

四人のフリがぴたりと決まる。

次の瞬間、比嘉がドラムソロに飛び出した。残りの三人は鳴り止んでいた。

スネア、タムタムの乱打に、時折トップシンバルの炸裂音が混じる。バスドラムは躍るようなフットワークで蹴り鳴らされている。

その比嘉の目が、悪ふざけをしている三人組を捉えた。

空中に大小の円を描き出していた比嘉のスティックの片方が、次の瞬間に宙で消えた。比嘉は、そのスティックが消えたと同時にフロアタムの脇にあるスペアのスティックを抜き出してソロを続けていた。

消えたと見えたスティックは、一直線に客席の中を飛び、女の子の肩を抱こうとしていた刺青の柄のTシャツを着た男の左腕に突き刺さるようにぶつかった。

比嘉はドラムソロを続けながら、手裏剣投げの要領でスティックを投げたのだった。

「痛《いて》え！」

スティックを投げつけられた男は、一瞬何が起こったか判らずうろたえたが、次の瞬間に事態を悟ると、ドラムソロを続けている比嘉を大声で罵《のの》り、ステージにつめ寄ろうとした。

最初から何かの理由で演奏を邪魔しに来た連中だから、この出来事に心の中でしてやったりと笑みを洩らしていただろう。

三人は立ち上がって、ステージに向かって歩き出そうとした。

その時、バスドラムの三連打に合わせて、遠田が一番太いE弦の開放弦で、強烈な音を弾き飛ばした。遠田の冷やかな目も、その三人を捉えていた。

そのとたんに、三人は床がぐらりと傾いたように感じて、悲鳴を上げた。床にへたり込みそうになって、周囲を見回している。

その三人の様子がおかしくて、思わずにやにやと笑った客が何人か居た。それを敏感に悟った三人は逆上した。

「てめえ、何がおかしい」

一声吠《ほ》えると、金ラメの下品なジャケットを着た若い男が、客の一人につかみかかろうとした。客は、どよめいた。

それでもドラムソロを止めようとしなかった比嘉が、再びスティックを投げて、金ラメの男にぶち当てた。

三人は完全に怒り狂った。近くにあったテーブル代わりのビールのケースを、兄貴分風の男がひっくり返した。

演奏は、その時点で中断した。

一瞬張りつめた沈黙が店内を満たした。芥川はうんざりとした顔をしていた。その隣りには木喰の顔も見えたが、彼は安心しきったような顔で、睨み合う三人組と古丹たち四人を眺めていた。

「表《おもて》へ出ろ」

古典的な威《おど》し文句で兄貴分が怒鳴った。かなり頭にきていることも事実だが、彼らの演奏を妨害できたという満足感も同時に彼は感じていた。

また、ミュージシャンに腕っぷしが強い奴などいる訳がないといった、かなり無責任な固定観念を彼は持っているらしかった。

だから、「外へ出ろ」と言われて、比嘉が素直に外へ出る素振りだったので、彼は少しばかり驚いていた。

三人組と比嘉は睨《にら》み合いながら店の外へ出た。客たちも野次馬と化して戸口に集まってその様子を見ていた。

ステージに残された古丹、遠田、猿沢の三人は、苦笑を浮かべていた。

「客にこんなものをぶつけるってなア、どういう意味だ。え、おい」

ねちっこく若い男がまず比嘉にからんだ。刺青のシャツの男だ。彼は、ぶつけられたスティックで、比嘉の胸を突っつこうとした。

比嘉は、棒立ちのまま、少しばかり腰を切って、その男が手に持っているスティックを素早く手刀で払った。

スティックは、中間から上の部分が消失していた。破片と化したスティックを握っていた刺青のシャツの男も、あとの二人もギョッとして半歩ほど後ずさった。

「すまなかったな。あれは事故だ」

比嘉は皮肉な口調で言った。その顔には笑いが浮かんでいる。こういったいざこざが楽しくてたまらない、というような笑顔だった。

その笑顔が再び三人の怒りに火を点《つ》けた。三人は自分たちが馬鹿にされているように感じたのだ。

訳の判らない言葉を吐いて、刺青のシャツが比嘉に殴りかかった。

比嘉は瞬きもせずに、半歩左へ体をそらしただけで、そのパンチをかわした。かわしざまに、相手の足首のやや上のあたりに軽く蹴りを入れた。

刺青のシャツはそれだけで地面に転がった。周りの野次馬がどっと声を上げた。

刺青の男が起き上がると、三人は、三方から比嘉を取り囲んだ。さすがに喧嘩慣れはしているようだ。

三人は、比嘉を囲んで攻撃のチャンスを窺っている。比嘉は、まだ不敵な笑いを浮かべたままだった。彼はこういうやり取りには慣れていた。

「野郎」

比嘉の正面にいた兄貴分が、比嘉の股間の急所目がけて蹴り上げてきた。

腰が浮き上体のバランスが完全に崩れた素人の蹴りだった。

それを合図にあとの二人も比嘉目がけて襲いかかった。

比嘉はがっかりとした顔で、前から来た蹴りに対し、膝で受けると同時に相手の足にダメージを与える技を使った。

その時上げた膝を降ろさずに、横に張り上げ、比嘉につかみかかろうとしていた金ラメのジャケットの、鳩尾《みずおち》の急所に正確で疾い横蹴りを繰り出した。

さらに比嘉は、その足を地に降ろすと同時に、殴りかかってきた刺青のシャツの手を取り、その肘《ひじ》を下からすくい上げるようにしながら、体を百八十度ひねった。

それらの動作が瞬きをする間に行なわれていた。

野次馬たちには、比嘉の動きは小さなものにしか見えなかった。

しかし、前から比嘉に蹴りかかった兄貴分は、自分の足をかかえて地面でのたうち回り、左後方から比嘉につかみかかった金ラメは、二メートルもふっ飛んで地面にひっくり返り、右後方から比嘉に殴りかかった刺青のシャツは、一度ふんわりと宙を舞ってから、したたか地面にたたきつけられていた。

「危いなあ。あまり暴れると怪我をするよ」

比嘉は言った。

ようやく起き上がった三人は、捨て台詞を吐いて立ち去ろうとした。

その時、いつの間にか外へやって来ていた古丹が、三人の行く手を閉ざした。三人のちんぴらは、泣きそうな顔で古丹を見上げて立ち止まった。

「せっかく来たんだ。最後まで聴いて行ってくれ」

そう古丹は言うと、三人をかかえるようにして店内に連れ込もうとした。

三人の態度は一瞬にして急変してしまっていた。声にならない悲鳴を上げながら逃げっていた三人は、がっしりと古丹に捉えられていた。

古丹の大きな体は、三人の男の力をもってしてもびくともせず、三人のちんぴらは、店の中へ引きずり込まれてしまった。

野次馬となって集まっていた客たちが再び席に戻り、三人のちんぴらも、無理矢理座席に着かされて、小さくなっていた。

走り去ることもできずにさらし者にされた三人は、屈辱感に心の中で身もだえしていたに違いない。

「さあ、もう一度行こうか」

比嘉がドラム・セットに腰を降ろして言った。

突然、スネアが甲高い音を響かせた。比嘉が、のっけからドラムソロに入ったのだ。スティックが宙に大小の円の白い軌跡を描いて舞った。

あっという間に店内は、音でいっぱいになった。

トップシンバルとフロアタムを往復していた右のスティックが、スネアに戻って来て、二本のスティックが、振動しながらスネア、タムタム、フロアタムと流れ、次いでフロアタムを連打するフィルを出した。

次の瞬間に、古丹のピアノの和音、遠田のベースの開放弦の音、猿沢のサックスのグリッサンドが飛び込んで来た。

全員がフリーフォームで短期決戦に持ち込む。みるみるうちに客は、さきほどまでの出来事を忘れたように熱くなっていく。

音の洪水は、容赦なく客席に浴びせられた。しゅんとしていた三人組は、びっくりしたような顔でステージを見つめ始めた。

さきほどまで彼らは演奏を邪魔することばかり考え、四人の演奏を聴こうなどとは思ってもいなかったのだ。

いざ聴いてみると、その迫力にただただ圧倒されてしまったという訳だ。

突然古丹のピアノが躍り出た。ソロに入ったのだ。あとの三人は次第に音を抑えていって、ブレイクする。

古丹の指は、感情の奔流をそのまま八十八の鍵盤に叩きつけていた。それ自体が意志ある生き物のように、彼の指は猛烈な勢いで鍵盤の上を駆け回った。

ウオンウオンと唸りを上げるような和音の重なり合いの中に、胸をしぼるようなメロディが顔を出している。溢れ出す音の中に、四分の一音、八分の一音という微妙な音が不思議にも飛び出してくる。

三人のちんぴらの顔にみるみる血の気がさしてきた。彼らの目はステージに吸い付けられていた。

古丹のピアノが次第に小さくなっていくと、突然、遠田が弓を弾くようにE弦の開放弦を弾き飛ばした。乾いたベースの音が響き、ピアノがブレイクした。

遠田の早弾きが始まった。テーマ抜きでソロが交代したのだ。

一気に店の中は不思議な雰囲気に満たされていった。客たちが瞑想に入ったような気分を感じ始める。

遠田のピチカートのひとつひとつが客たちの心象現象を揺さぶっていた。

ベースソロが一番盛り上がったところで、比嘉のドラムが叫んだ。フロアタムの重い音とトップシンバルの耳をつんざく炸裂音が混じった音だ。

続いてスネア、タムタム、フロアタムと流れて、タムタムの三連打が飛び出す。テーマに入る合図だ。

三人が一斉にテーマに戻る。八小節の短いテーマをぴたりと決めておいて、ソロを猿沢のサックスに渡した。

一度、低音に落ちてから、猿沢は一気に音の階段を駆け登って、その頂点で悲鳴のような音を吹き飛ばした。

続いて、叩きつけるようなフレーズを次々とサックスから放出した。

あまりの指使いの早さに、並べられる音が、完全に連続音に聞こえた。

三人のちんぴらは、熱に浮かされたような顔になってきた。もう屈辱感も何もかなぐり捨ててしまったようだ。

「すげえ」

金ラメのジャケットを着た若い男がうわ言のように呟いた。

「奴ら、化物だ」

刺青の柄のTシャツを着た男もステージを見つめたままそう言った。

高低の音を猛烈な疾さで縦横に駆け回った猿沢のサックスは、再び最高音まで登りつめて、そのまま降りて来なくなった。

再び、そこで比嘉のドラムのフィルが入る。四人同時に、一糸乱れずテーマに戻り、二度、テーマを繰り返して、いつもの通り長い演奏は終わった。

とたんに、客席に喚声の渦が巻き起こる。

客は総立ちになった。異常な事態が起こった後だけに、客たちは普段以上の燃え方だった。叫び、飛び上がり、隣りの客に抱きつき、の大騒ぎだった。

その騒ぎの中に、例の三人組もいた。彼らは、さきほどまでのことをすべて忘れ去ったように、抱き合い、喚声を上げていた。

「凄いよ、兄貴、凄いよ」

「俺、初めてだよこんなの」

二人の若い男たちは、兄貴分の男にすがりつくようにそう言っていた。

4

演奏の後片付けも終わり、芥川と木喰を囲んで四人のジャズマンたちは、いつものように談笑していた。

「あの後、三人組が俺のところへやって来て、平あやまりだったよ」

芥川が言った。

「また来てもいいか、許してくれるか、なんて本気で言いやがるんだ。まったく信じられん奴らだな、お前たちも。新興宗教でもでっち上げれば、いっぱつで信者を獲得できちまうな」

「坊主を目の前にして、おかしなことをたきつけんでくだされ」

木喰も御機嫌らしく、そんな冗談めいたことを言って笑わせた。

「判ったような気がしますよ」

猿沢がぽつりと言った。

「何がだ」比嘉が尋ねた。

「比嘉さんと古丹さんが、あの三人を店へ引きずり込んで、私たちの演奏を聴かせてしまったのを見てようやく少し理解できた気がしたんですがね……」

「例の不穏な影が見えるという話だな」

遠田が低い声で言った。

「そうです。とらえどころのない相手で、私も何が何だか判らなかった訳ですが、それがようやく」

「どういうことだ」

遠田が尋ねた。

「芥川さんが権力と呼びましたが、確かに相手はそういった言葉で呼ばなければならないほど漠然としたものです。私が感じたのは、大きな正当な意志に反する動き方をする意志そのものでした」

木喰をはじめとして、四人が反応をそれぞれ示した。

「意志……」

「はい。意志というと個人のもののように聞こえるかもしれませんが、そうではなく、多くのものが複合して生まれた意志のようなものです。それが我々に闘いをしかけてきています。その意志にあやつられているとは知らずに、あるいは、自分の利害と信じ込んで動かされる人間が、いろいろ我々に働きかけてくるでしょう」

「さっきの三人もそうだろうか」

比嘉が訊いた。

「そうかもしれません。だから、さきほどのように、そういった人々をいちいち処理していっても何の解決にもならないのです。いや、もともと解決などしない類の問題なのですが」

「じゃ、どうすればいいんだ」

古丹が言った。

「我々の闘い方はひとつです。我々はある意志によって選ばれたという話をしたことがありましたね。その意志は、今話題にしている我々にとっての邪悪な意志よりずっと大きなものです。我々はその意志の流れからこの世の中がそれないために遣わされたのかもしれません。だとしたら、おのずと方法は明らかになってきます」

「なるほど。演奏を続けること、という訳か」

遠田が言った。芥川がひとり訳が判らない顔をしていた。

「……と思うのですが」

「演奏をすること自体が、我々のできる最大の闘いという訳か」

比嘉が退屈そうに言った。

「今さら、おおげさに言うほどのことでもないな」

「お坊さん。どうなんだろう」

古丹は木喰に尋ねた。木喰は、のんびりとした声で言った。

「拙僧には判り申さん。比嘉様が言われる通り、おおげさに言うほどのことではないような気もしまするが……。ただ……」

「ただ、何だい」古丹が訊いた。

「相手がもしおるとして、思い上がりは禁物でござろう。その相手も、そして、失礼ながら猿沢様たちも。拙僧はそう思います」

「思い上がり？」

「もし、四人様をつかわされるような意志があるとしたら、それほどちっぽけなものかどうか……」

それを聞いて、猿沢は頷きながらショックを受けたような顔になった。彼は、木喰の言葉から、何かを悟ったのかもしれなかった。

5

「古丹。古丹はいるか」

数日後のことだ。天野が、芥川の店へ飛び込んで来た。いつものように一同が顔を揃えていた。

「どうしたんです」

古丹は天野の慌てぶりを見て立ち上がった。

「古丹。ケセル・ギャラリーが来るぞ。ケセルが来日するんだ。レギュラーカルテットを率き連れてな」

「ケセル・ギャラリーが……」

古丹は呟くように言った。それだけで彼は何の感情も表現しはしなかったが、一種のなつかしさを感じていることは間違いなかった。

「ケセル・ギャラリーがのう」

木喰が何やら感慨深げに頷きながら呟いた。なぜかその呟きは淋しげに聞こえた。

それに気付かぬ程、天野の気分は高揚しているらしい。

「これからプロモーター連中と会って来日の日取りや、コンサートスケジュールを確認して来る。俺はレセプションの準備やら何やらにまでかり出されちまった。とにかく、一刻も早く知らせようと思ってな」

それだけを早口でまくし立てると、天野は手を振りながら店を飛び出して行った。

「何だいありゃあ」

比嘉があきれたような顔で言った。

一同が失笑しかけていると、店の電話が鳴った。芥川が電話を取った。

「忙しいんすよ。……ええ……ええ、判りました。はいはい、伝えるだけ伝えます」

彼はうんざりした顔で受話器を置いた。

「どうしたんだ」

比嘉が尋ねた。

「脅しの電話だよ。最近は多くってね。いちいち取り合ってちゃきりがない。おまえらに、早く郷《くに》に帰れってさ。さもないと、無事ではいられないそうだよ。いいね。俺はちゃんと伝えたからね」

四人は苦笑していた。

「この前店にやって来た三人組と同じ奴らかなあ」

芥川は猿沢に言った。猿沢は大きな眼鏡をずり上げながら答えた。

「同じ奴らではないでしょう。でも、元をたどっていくと、同じところに行き着くかもしれませんね」

「知ったことじゃない」

古丹がぼそりと言って立ち上がり、鍵盤に向かってウォーミングアップを始めた。

「こんなことがいつまで続くんだろうね」

芥川が溜息混じりに言った。猿沢は何も言わなかった。

6

演奏と観客の熱気が残る店内で、古丹たち四人は汗を拭き、芥川は彼らに冷たい飲み物を用意していた。

どこからやって来てどこへ帰って行くのか木喰も常に彼らと一緒にこの店へやって

来ていた。

「天野さんが来てないんだな」

ふと気付いたように古丹が言った。

「ケセルの事で忙しいんじゃないの。でなきゃ原稿の締切りでもあるんだろう」

芥川が言った。彼は四人のプレイヤーに冷たい飲み物を配って歩いた。比嘉と古丹はビールだが、遠田と猿沢はアルコールをやらないため、芥川はコーラを持って行った。

猿沢がコーラを受け取らずに言った。

「芥川さん。済まないけど、コーヒーをくれませんか」

遠田がその言葉を聞き留めて言った。

「どうかしたのか」

他の二人と、芥川、木喰も猿沢に注目した。

「コーヒーが飲みたいんです」

猿沢は微笑しながら言った。

「何か気になるのか」

遠田がその微笑を無視して言った。猿沢は一同の顔を見回してから、余計な事を言ってしまった、と後悔しながら言った。

「ちょっと胸騒ぎがするだけです」

「天野さんのことか」

遠田が尋ねると、猿沢は頷いて見せた。

「たまに姿を現さなくたって不思議はないだろう。彼だって忙しい筈だ。今まで、おまえたちにべったりと付いていられた方が不思議なくらいだ」

芥川は言った。しかし、誰もその言葉に同調しようとはしなかった。

「皆、どうしたっていうんだい」

芥川は苛立ったように言った。

「芥川さん。天野さんに最後に会ったのはいつですか」

猿沢が言った。

「ケセルが来日すると騒いで行った日だから二日前じゃないか」

「それ以後は何の連絡もないんですか」

「連絡はあったよ。ついさっきだ。何でも、またプロダクションからの強引な勧誘があったそうで、話をつけにどこかのホテルへ行くと言っていた」

「どこのホテルだ」

比嘉が尋ねた。

「知らないよ。いちいち気にしてないから訊きもしなかったし、聞いたのかもしれないが覚えてないよ」

「相手の名を言ってなかったか」

遠田が訊いた。

「言わなかったな。でかいところだとだけ言ってた」

「不用意な……」

比嘉が舌を鳴らした。

「仕方がないよ、そんなこと言われたって。何だって言うんだい、皆して」

「あんたに言ったんじゃない。天野さんに言ったんだ」

「どうやら、気になっているのは僕だけじゃないようですね」

猿沢が古丹を見ながら言った。古丹は頷いた。彼が先程、天野の名を口に出したのはそのせいだった。

「とりあえず、コーヒーをお持ちしてはいかがかな」

五人の会話をじっと聞いていた木喰が芥川に言った。芥川はカウンターに向かって大声でキリマンジャロ産のコーヒーを一杯注文した。

話し合いの場所として赤坂エール・ホテルを指定されても、天野は全く不審には思わなかった。

ホテルのロビーやラウンジ、レストランなどでインタビューしたり打ち合わせしたりするのは彼らの世界では日常茶飯事だった。しかし、案内されたのがラウンジやレストランではなく、特上のスイートルームとあっては、彼も事の異常さを意識せずにはいられなかった。

しかも二つの部屋の入口には見るからに質《たち》の悪そうな男がそれぞれ二人ずつ立っている。底光りする曇った目はちんぴらのそれではなかった。四人とも人の一人や二人殺していても不思議はない人相をしていた。

スイートルームといっても、応接間とベッドルームが続いている訳ではない。片方の部屋には会議が開けるような円卓が置かれ、もうひとつの部屋にはオフィス風のデスクと、応接セットが置かれていた。

天野は、その応接セットのソファに坐らされ、先程から延々と有名芸能プロダクション三社の代表から四人の利権や条件についての話を聞かされているのだった。

天野は戸口に立つ不気味な連中の方ばかり気にしていた。そうは思いたくなかったが、彼は軟禁されているようだ。

説得する三人の代表の体力は底無しか、と天野は思った。交互に彼らはもう三時間以上もしゃべりっぱなしだった。

その三人が急に沈黙した。

一人がドアの方を向いたまま立ち上がると、続いて二人も棒のように直立した。

天野は振り返る形でドアの方を見た。一瞬彼も言葉を呑み込んでしまった。

「話し合いはうまくいきましたかな」

ドアから入って来た男はそう言うと、ソファのところへは行かず、部屋の中心に向かってはすに置かれているデスクに着いた。

天野と真正面から向かい合う形になった。

「あんたが出て来るだろうと思っていたよ。いずれは」

天野は言った。

「おや、私のことを御存知ですか。これは恐縮です」

言葉とは裏腹にその男の態度は不遜だった。

「この世界にいてあんたの名前を知らない者はいない。もっとも、幸い僕の場合は直接関わりを持たずに済んでいるがね」

「それでは自己紹介の必要もなさそうだが、一応念のため……。グローバル・プロモーションの真崎です」

天野は無言で相手を見つめていた。先程から天野を囲んであれやこれや話をしていたプロダクション三社の代表は、明らかにこの真崎のファミリーだった。

「君たちはもういい」

真崎はその三人に言った。三人は蒼白な顔で深く一礼すると部屋を出て行った。

「さて、どこから話しましょう」

真崎はそう言いながらゆっくりと天野の目を見た。数えきれないほどの修羅場をくぐり抜けて来た者だけが持つ冷酷な、光の乏しい目だった。音楽業界の人間には慣れている天野も、さすがに身のすくむ思いがした。


「何か判るか」

コーヒーを飲み終えた猿沢に遠田が静かな声で尋ねた。

古丹、比嘉、マスターの芥川そして木喰がその猿沢を見つめている。しばらく眉間《みけん》にしわを寄せて宙をじっと見つめていた猿沢は、ふっと肩の力を抜くと一同の顔を力無く見回した。

「駄目なのか」

比嘉が訊いた。猿沢は何も言わなかった。

「猿沢の能力《ちから》は、予言や占いの類とは違うんだ。何の手がかりや糸口もなしじゃ、どうしようもないんだろう」

遠田宗春が言った。

「ただ、この四人が一緒にいた方がいいことだけは確かです」

猿沢は申し訳なさそうに言った。

「俺もそう思う」

古丹がぼそぼそと言った。

「店は朝まで開けておくから、好きなだけいるといい。俺も一緒にいるから」

芥川が言った。

他の従業員は後片付けを終えて帰って行った。店の出口の階段の上から看板を引きずり込む音が聞こえ、やがて店内は無人のように静かになってしまった。

「必ず連絡がある筈です」

猿沢が言った。

「相手の狙いが何であろうと、我々抜きでは話は始まらない筈です」

「そうだ。もし本当に契約を目的としているのだとしても、本人たちがいないことには契約は成立しやしないんだからな」

芥川が沈黙に耐えかねたように相槌を打った。

二人の言葉の後に誰も話を続けようとせず、再び店内には沈黙が続いた。

そのまま一時間も経ったろうか、突然電話が鳴った。

一同は猿沢の方を見た。芥川が尋ねた。

「天野さんの事だろうか」

「多分……」

芥川が電話を取った。彼は言葉を返さず、じっと相手の話を聞いていた。受話器を置くと彼は四人に向かって言った。

「やっぱり天野さんは軟禁されているらしい」

「相手は何者なんだ」

「グローバル・プロモーションの人間だと言っていた。グローバル・プロと言えば新興プロダクションの中でナンバーワンの成長株だ。社長の真崎というのがもの凄いやり手で、普段全くこういう世界に縁の無い俺たちでさえ名前を知っている程の男だ。この世界でやり手の男とくれば、手段を選ばないタイプの人間に決まっている」

「天野さんを監禁していると言っていたのか」

比嘉が芥川に尋ねた。

「いや、今天野さんとの話がついたから、今度は四人を含めた話をしたいというんだ。四人だけで西荻の駅前まで来いと言っている。そこに車が待っているということだ」

「天野さんを餌に、今度は僕たちを釣ろうという腹ですね。多分、僕たちを天野さんとは別の場所に捕えておくつもりでしょう。そしてまた僕たちが手の中にあることを武器にして天野さんとの話を進めるのです」

猿沢が言った。

「行くしかあるまいな」

古丹が言った。比嘉はその言葉に黙って頷いた。

かすかな物音がして芥川がテーブルの上を見た。彼は眉をひそめてその一点を凝視した。

テーブルの上にあったグラスが割れていた。そのテーブルは皆から離れた位置にあり、誰も手を触れた筈はなかった。

続いてカウンターの上でもガラスの割れる音がした。一同はそちらを振り返った。同じようにまたグラスがひとりでに割れていた。

びりびりとテーブルや椅子が小刻みの震動を始めたと思うと、棚にあった酒びんにまでひびが入り始めた。

何が起こったのか判らず、一同は声もなく立ち上がった。

そのうち椅子やテーブルが倒れ始める。

「ポルターガイスト現象だ……」

猿沢がつぶやくように言った。そして彼は、はっと気付いたように後ろにひっそりと立っていた遠田を振り返った。

「遠田さん。やめてください」

猿沢は叫んだ。遠田は怒っていた。その強烈な精神のパワーがこの芥川の店の小さな空間内に、心霊科学でポルターガイストと呼ばれるのと同様な現象を起こさせているのだった。

遠田はうめくように言った。

「悪ふざけが過ぎる」

その顔を見て、さすがの比嘉たちも身のすくむ思いだった。自分たちの持つ力の想像以上の大きさを初めて見せつけられたような気がして、面食らってもいた。

「とにかく、行ってみるしかないでしょう」

店内の騒ぎが鎮《しず》まると猿沢は言った。

「警察に連絡しておこうか」

芥川が言うと猿沢は首を横に振った。

「その必要もないでしょう」

木喰は部屋の隅で、同情するように独り言を言った。

「羅漢を本気で怒らせおって……。相手もとんだ災難じゃて」

木喰は敵に対して同情しているのだった。

# 7

「業界のメリット、デメリットの話ならもう沢山だ。もうゲップが出るほど聞かされている」

グローバル・プロ社長真崎を前に、天野は言った。気圧《けお》されそうになるのを懸命にこらえていた。

「なるほど……」

「これも何度も言った事だ。古丹神人、比嘉隆晶、遠田宗春、猿沢秀彦の四人はいかなるプロダクションの勧誘にも応じる気はない」

「その話は私も聞いております」

微笑しながら真崎は言った。眼だけは笑っていない。

「ならば話す事などもう何もない筈だ。第一、どうしてあんたたち芸能プロダクションの連中がジャズグループなんかを追っかけ回すんだ。今まで話題にすらしなかった筈だ」

「そう。確かに今までは全く興味がなかった。しかし、我々は社会現象というものには常に敏感でなくてはならない。私は彼らに興味が湧いて来たんですよ」

「あんたが興味を持つだけで、業界中の人間やマスコミが血眼《ちまなこ》になるというのか」

「その通りだ」

真崎は事もなげに言ってのけた。

「ばかな……」

反論しようとしたが天野は言葉が見つからず絶句してしまった。

「簡単なことですよ。世の中のしくみを理解すればね。そしてそのしくみに介入する金と力があれば——メディアを構成しているのはコンピューターだとでも思っているのかね。とんでもない。人間ですよ。欲も弱味もある人間なんです。私にはその人間たちに干渉する顔と金と実績がある」

その声には何の気負いもなく、ただ事実だけを述べている重味があった。

「ばかげている。あんたはマスメディアを牛耳っているつもりでいるのか」

「そんな事は言ってはいない。ただ、あなたも多少はこの音楽業界というところを知っている筈だ。私のやっていることは一言で言えば簡単なことですよ。視聴率二十パーセントを超えるテレビの歌番組のプロデューサーに、使えるだけの金と力を注ぎ込む。発行部数五十万を超える芸能誌の編集長、副編、デスククラスの連中に、使えるだけの金と力を注ぎ込む。それだけですよ」

天野は腹を立てることもできず、ただうんざりとした気分になった。

「そういうところの連中というのはもろいものです。彼らはやり手だ。それだけに欲も大きい。やり手であるが故に他人に知られたくない弱味も多い。何より、彼らはいつもくたくたに疲れ切っている。不健康に目を赤くはらして今にも崩れ落ちそうなんです」

天野はその言葉を否定できなかった。急速な脱力感が彼を捉えていた。真崎の言葉は天野を自棄的にさせるほどの効果を持っていた。

そんな天野に追い打ちをかけるように真崎は言った。

「ブームは私たちが作るのです。本物のブームでなくたってかまわない。それが私の仕事なのです。ここのところをよく理解して下さい。あなたたちは、あのカルテットでちょっとしたブームを作った気でいるのでしょうが、マスコミがこの日本のブームを操っているということを忘れてはいけません。私の目の黒いうちは、国内では私の手の届かないところでのブームなど有り得ないということを思い知っていただきます」

真崎の顔から作り笑顔が消えていた。天野は真崎の射るような視線を払いのけるように言った。

「それがあんたの本音か。何だかんだ言っても、あの四人が商売になりそうだと読んで手を出して来たという訳だ。他のプロダクションやレコード会社の連中と一緒じゃないか」

「その通り。私は、グローバル・プロが特別だとは一言も言ってはいません。ただ力量と規模が違うのです。それを判りやすく説明したつもりですが」

「時間の無駄だったな。僕は帰らせてもらう」

真崎の眼が光った。

「私は時間の無駄というのを一番嫌うんだ。私は決して無駄な時間の過ごし方はしない」

「何が言いたいんだ」

天野はそう言いながら立ち上がり、ドアへ向かおうとした。ドアの脇に立っていた人相の悪い男たちと目が合った。

「あなたにはもう少しここへ残っていただきます」

天野はゆっくりと振り返った。恐怖感が彼の全身にじわじわと広がって行った。

「今頃、うちの者があの四人をあるところへ御案内している筈です」

「何だって」

「あなたたちは全員、すでに私の手の中にあるのですよ」

真崎は微笑を浮かべて言った。

8

四人は二台の黒塗りの車に分乗させられ、型通りに目隠しをされていた。古丹と遠田を乗せたセドリックが先行し、その後を比嘉と猿沢が乗っているベンツが追っていた。

それぞれの車には運転手を含め、三人の男が乗っていた。格闘技の訓練を受けた者たちなのだろう。六人とも体格が人並外れていた。

目隠しをされている四人よりも、その六人の方が緊張していた。比嘉や古丹の超人的な強さの噂を知っているせいもあったが、その時の四人は、それぞれ自分の持つ能力をフル稼働させていたのだ。六人はそれを異様な迫力として感じ取っていた。

「どこへ行こうというのだ。天野さんに会えるんだろうな」

比嘉が言った。

「口をきくな」

後ろのシートに乗っている男が緊張を隠そうとしながら言った。

比嘉をはさんで、その男と反対側に坐っていた猿沢が言った。

「このまま行っても、天野さんには会えないだろうな」

「うるさい。黙ってろと言ったろう」

男は虚勢を張るように凄みを効かせて言った。猿沢は目隠しをされたまま、相手が凄んでいるのも気にせずに言った。

「わざと判りにくくするために、何度か裏道を通ってはいるが、この車は甲州街道に出て、今、山手通りを横切ったところだろう。ここは代々木のあたりだな」

猿沢の言葉は車内にいた三人の男に決定的なショックを与えた。

「おい、そいつの目隠しを調べてみろ」

助手席の男が慌てて言った。

「見えている筈はない」

独り言を言うように、後ろのシートにいた男が猿沢の目隠しをさぐりながら言った。

「この男には目隠しなんぞ役に立たないよ」

比嘉がうそぶいて見せた。店を出る前に猿沢が飲んで来たキリマンジャロ産のコーヒーは、充分に効力を発揮しているようだった。

「一方で天野さんをおさえ、もう一方で我々を捕える。これで切り札を二枚手に入れたつもりだろうが、そうはうまくいくかな」

猿沢の口調は自信に満ちていた。

「その通り。俺たちを何だと思ってるんだ」

比嘉の口調は完全に相手を挑発するものだった。

「ここで黙らせてやる」

比嘉の横にいた男が低い声で吠えるように言うなり、ショートレンジの裏拳打ちを、その顔面に叩き込んで来た。

比嘉はわずかに体重を猿沢の方にずらし、首を傾けるだけでその一撃をかわした。目隠しをされていないとしても、できる芸当ではなかった。

後席の男は蒼くなった。

「畜生！」

「やめないか」

逆上しかかった後席の男を助手席の男がなだめた。

「挑発に乗るな。ここで面倒を起こしたら、どうやって社長に言い訳する気だ」

「そう。俺たちは大切なお客の筈だ」

比嘉がにやにやしながら言うと、助手席の男はサングラス越しに彼を睨み付けながら言った。

「お前も、しゃべり過ぎはためにならんぞ」

「生まれつき陽気な質《たち》でね」

「僕たちがおとなしくしていても、前の車ではどうかな。車は新宿通りから紀尾井坂を登り、外苑へ抜けるところだろう。青山まで行く前に、前の車がどうなるか見ているといい」

猿沢が言った。比嘉にもその言葉の意味は判らなかったが、彼はコーヒーを飲んでいる時の猿沢を百パーセント信頼していた。彼が言うからにはきっと何か起こるのだと比嘉は思った。

「そいつは目隠しをしているんじゃないのか。どうして道が判るんだ」

ハンドルを握っていた男が悲鳴のような声を上げた。

「黙って運転していろ。ただのはったりだ」

助手席の男が叱り付けた。三人の男たちにじわじわと恐怖感が押し寄せてきていた。

「おい。前の車はどうしたんだ」

助手席の男が低い声で運転席の男に言った。

「俺に訊いたって判る訳ないだろう」

古丹と遠田を乗せたセドリックが妙な蛇行を始めたのは迎賓館前を抜け、二台の車が神宮外苑に入った頃からだった。

「お前たちは何をやっているんだ」

助手席の男は振り返って比嘉と猿沢の二人に向かって怒鳴った。二人はにやにやしたまま黙っていた。比嘉は猿沢が言った通り前の車に何か異変が起こったことを悟った。

「おい。黙ってないで何とか言ったらどうだ」

比嘉の隣りにいた男が言った。

「静かにしろと言ったり、しゃべろと言ったり、いったいどっちにしていいか判らないじゃないか」

比嘉が声に笑いを含みながら言った。

古丹と遠田を乗せたセドリックの車内はパニック状態だった。

遠田が行動を開始したのだ。

セドリックのハンドルを握っていた男は、ひどい地震のような感覚に襲われていた。他の二人も同様で、車内の空間がぐらりぐらりと傾いたり、床や天井が迫ってきたりという錯覚に我を失っていた。

演奏の雰囲気作りを担っている遠田の能力は、ライブハウスのように限られた空間でより強く働く。いわば、精神的な結界が必要な訳だ。

自動車の中というのは、遠田にとってはもってこいの結界だった。

ハンドルを操ることが不可能になったセドリックの運転手は車を停止させた。それでも、車内の空間がねじれるような異常視覚現象は続いている。

遠田は俯いたまま身動きもせずに想念を集中させていた。古丹は自分の膝を握りしめるようにしてその状況に耐えていた。目隠しをされていても、車内の空間が伸縮しているのが判るのだ。それが遠田のせいだと判っていなければ、古丹といえども度を失っていたかもしれない。

セドリックに続いていたベンツも停止した。

「な、何なんだこれは」

セドリックに乗っていた男たちの一人がうわ言のように言った。

「外へ出るんだ」

助手席の男が言うと、三人とも転がるように車の外へ降り立った。車の外は何の異常もなかった。

セドリックの助手席にいた男は、ベンツから一人の男が降りて来るのを見た。

「どうしたんだ」

ベンツの助手席にいた男が声を掛けた。セドリックの三人は無言で、神宮外苑の木々が静かに風にそよぐ様を不思議そうに見回していた。

「いったい、何で停《と》まったんだ」

ベンツの助手席の男の苛々した声が響いた。その声でセドリックの助手席の男は我に返って叫んだ。

「しまった」

何をどうしたかは判らないが、今までのことが、古丹や遠田のせいだということにその男は気付いたのだ。

古丹が坐っている席のドアのそばに立っていた男が、悲鳴を上げて二メートルばかりふっ飛んだ。

車の中から古丹の大きな体がゆっくりと現れた。

「だから言ったろう。甘く見るなって」

その場にそぐわない朗らかな声が聞こえて二台の車の助手席にいた男たちは振り返った。ベンツの中から比嘉が姿を現していた。

「おとなしく車の中にもどれ」

セドリックの助手席にいた男が凄んで言った。

「そうはいかない。このまま行っても天野さんに会えないと判った以上は、お前たちに付き合ってる訳にはいかなくなったんだ」

砂袋を強打するような鈍い音がして全員がそちらを振り返った。

古丹につき飛ばされた男が起き上がり、逆上して古丹に左の回し蹴りを放ったのだ。

格闘技の専門家らしく、高く、ウエイトが充分に乗った回し蹴りで、古丹の首筋に正確にヒットしていた。一撃で首をへし折ることのできる腰が切れたいい技だった。

だが古丹は大木のように微動だにしなかった。

「くそ」

男はその回し蹴りを引くと同時に、右の後ろ蹴りを発していた。それで古丹ははじき飛ばされ、あばら骨の何本かをへし折られている筈だった。

だが男は、自分の発した蹴りの反動で、自分からつんのめってしまった。

古丹の体は大地に根を張ったようだった。その体が地を蹴ると軽々と宙を舞った。

野生動物の身のこなしだった。

古丹は前のめりになっていた男を捕えると、そのえり首とベルトを鷲づかみにして、大きく振り回した。彼はその男をそのまま外苑の並木の一木に叩き付けた。激しい怒りを感じさせる古丹の行動だった。男はひとたまりもなく昏倒していた。

それは一瞬の出来事だったが、それがきっかけとなり、残った五人の男たちは次々と古丹と比嘉に襲いかかった。

比嘉の微妙な挑発と猿沢の不可思議な言動、理不尽なセドリックの車内での出来事などが彼ら五人の心の中に折り重なり、彼らに冷静な判断力を失なわせていた。

最も強く彼らの心の中を支配しているのは、訳の判らない恐怖感だった。その恐怖感が訓練されたファイティングマシンとしての彼らの理性をかき乱してしまったのだ。

完全に四人のペースだった。

三人の男が古丹を取り囲み、残りの二人が比嘉を左右から攻めていた。

気合いの代わりに、鋭い呼吸音だけを発しているところを見ると、彼らはスポーツとしての格闘技でなく、ストリートファイティングのプロとして訓練された類の連中だ。

空手の有段者のようだが、基本通りの正拳など勿論用いる筈はなく、ボクシングの要素を取り入れた疾《はや》くて重いプロのパンチを、彼らは繰り出して来た。

古丹は体中にそのパンチを食らっていたが、いっこうにこたえた様子はなかった。彼の体内にアドレナリンがゆき渡り、野性の体力がその五体を満たしていた。野獣のような体臭が漂い始める。彼はじっと怒りを蓄積していた。

比嘉を相手にしている二人は赤子も同然だった。

どんなにパンチや蹴りを繰り出しても比嘉にかすりもしないのだ。格闘家として自信があっただけに、彼らの動揺は激しかった。

比嘉はにやにやしながら流れるような足さばきでその二人を翻弄していた。

「一人は正気のまま残しておいて下さい」

比嘉はそう言う猿沢の声を聞いた。

「天野さんの居場所を訊き出さなければなりませんから」

「判ってるよ」

のんびりした口調で比嘉は答えた。

その口調と会話の内容が、さらに男たちを逆上させた。

うおっと低く吠えるような声を発して、一人が比嘉にラグビースタイルのタックルをかけて来た。決死行動だった。比嘉は腰にがっちりと腕を巻き付けられた。

比嘉の動きが鈍くなったと見たもう一人の男が前蹴りを飛ばして来た。前蹴りは疾くて強力な基本技だ。

比嘉が初めて手を出した。相手の蹴り出した足の甲目がけて手加減せずに手刀を叩き込んだのだ。

空中で比嘉の手刀と相手の蹴り足が激突した。ぐしゃりというやな音がして、相手の足はひしゃげてしまった。足首の骨が一瞬にしてずたずたになっていた。

蹴りを出した男は悲鳴を上げて地面に転がった。いくら鍛え上げているとはいえ、関節部の骨折の苦痛には勝てない。男は貧血を起こしていた。

手刀を放つと同時に、比嘉はもう一人の男の腕を腰に巻き付けたまま左足の位置を少しばかりずらして鋭く腰を切った。相手の体はそれだけで、ふわりと宙に浮き上がった。その浮いた体に比嘉は短い後ろ蹴りを決めた。

男は、蹴りを脇腹に食らって腕を放して地面にうずくまった。比嘉はその男に背を向けたまま立っている。男は、比嘉の背に襲いかかろうと気力をふりしぼって立ち上がった。

そのとたんに比嘉の右足が地面を蹴っていた。そのまま踏み切った足を振り上げ空中で体を三百六十度ひねる。

比嘉の右足は宙に大きく弧を描いて、立ち上がった男の顔面にヒットしていた。男は三メートルもふっ飛んでそのまま起き上がろうとしなかった。

比嘉はもとの向きに着地していた。北派の中国拳法の代表的な大技、旋風脚だった。

古丹はサンドバッグのようにパンチや蹴りをさんざんに食らっていたが、その大きな体はびくともしなかった。本物の熊を相手にしているようなもので、その三人とは体力が桁違いだった。三人の男は恐怖に顔をひきつらせて古丹を殴打し続けていた。その呼吸は乱れ始め次第にパンチに力がなくなってきていた。

突然、三人の目の前から古丹の姿が消え失せた。古丹は豹の身のこなしでジャンプしたのだ。

一人が低い悲鳴を上げた。空中から古丹の大きな体がかぶさって来たのだ。転倒したその男の体に、古丹はプロレスのニードロップのような恰好で膝をめり込ませていた。

さらに唖然とした顔で立ち尽くしている二人のうち一人を軽々とかかえ上げ、そのままもう一人の頭上へその男を叩き付けた。

あっという間に三人は昏倒していた。

比嘉はその様子を見ながら、足首を砕かれて脂汗を流している男に近付いた。

「く、来るな」

男は顔中に怯えを表していた。

「教えてもらおうか。天野さんがどこにいるか」

比嘉はゆっくりと言った。

「知らない」

「お宅の社長と一緒にいる筈だ。社長の連絡先を知らない訳じゃあるまい」

猿沢が言った。彼は乱闘がおさまるとベンツの中から出て来ていた。

「知らない」

「社長の行き先を教えてくれるだけでいい」

比嘉が言った。

「知らない」

「ギャング映画の真似事をやっている場合じゃないんだ。俺たちの恐ろしさがまだ判っていないようだな」

比嘉は良心が痛むのを覚えながら凄んでいた。

「あんたたちは確かに恐ろしいが、社長だって怖い。あの人だって怪物なんだ」

「どっちが本当に恐ろしいか、じっくりと味わうがいい」

静かな声が聞こえて、その男は首だけで振り返った。振り返りざま男は小さな悲鳴を上げた。

見ると遠田が立っていた。その全身が闇の中で青白く光っている。体全体が光の輪に包まれているように見えた。足の自由が利かないその男には、この世のものとは思えないほど恐ろしいものに見えただろう。

それはオーラだった。キリストや釈迦を表す絵画には必ずそれが描かれている。

「化物だ。そいつを近づけないでくれ」

声にならない声で男は言った。

「ふん。社長と天野さんの居場所を言うんだな」

比嘉は冷たく言い放った。

「たのむ。そいつを近づけるな」

遠田が一歩前へ出た。とたんに、近くの銀杏《いちょう》の小枝が触れもしないのにバキバキと折れた。

「わ、判った。言う。助けてくれ」

「どこだ」比嘉が訊いた。

「エール・ホテルだ。赤坂のエール・ホテルに居る」

「手間を焼かせやがって」

比嘉は手刀を軽くその男の後頭部へ振りおろした。それだけで男は気を失なってしまった。

「そんな紙切れ一枚に何の効力があるものか」

天野は、契約条項が和文タイプで打ち込まれている白い紙を目の前につきつけられて呟くように言った。

「効力は充分にあるさ。署名と捺印《なついん》さえあれば」

グローバル・プロの真崎は、椅子に深く体をうずめたまま目を半開きにして言った。

戸口の四人の男たちは、この長い会見の間、ずっと立ちっぱなしで疲れた様子も見せていなかった。徹底的に訓練された者が持つ体力と忍耐力を感じさせた。

「あの四人のジャズマンは我々の手の中にある。君がその紙にサインするまで、何事も起こらずにこの状態が続くだけだ。咽《のど》も渇《かわ》くだろうし、腹も減るだろう」

「一方では、僕をダシにしてあの四人にも同じ事を迫っているという訳か」

天野が言うと真崎は何も言わずに凄味のある笑いを浮かべて見せた。天野の目の前にあるのはグループとしての専属契約書だ。真崎はあの四人には個々のアーチスト契約書をつきつけるつもりでいたのだろう。

どちらか一方が失敗したとしても、あの四人に対する拘束力は成立するという寸法だ。

知らず知らず天野の額に、脂汗がにじんできていた。

突然、ノックの音が聞こえた。戸口にいた四人の男たちが咄嗟に身構える。

真崎はゆっくりと顔を上げると、無表情にその男たちに顎で合図した。

一人が、チェーンを付けたままドアを少しだけ開け、外の様子を窺った。

その男は薄暗い廊下に、確かに古丹ら四人を捕えに行った筈の人間の姿を見た。

眉をひそめ、ドアの外を窺った男は、真崎に耳打ちするためデスクに近寄った。

真崎は男から報告を受けると、少しばかり表情を曇らせて頷いて見せた。

天野はそれらの様子を視界の角で眺めていた。

男はドアに戻ると一旦ドアを閉めてチェーンを外した。ドアはオートロックで内側からしか開けることはできない。男がノブを回して再度ドアを開けようとした。そのとたんにドアは勢いよく開き、ノブを握っていた男の鼻面にぶち当たった。男は顔面をおさえてのけぞり、しりもちをついた。それでも悲鳴を上げなかったのはさすがと言わなければならない。

もうひとつのドアの脇に立っていた二人の男が振り返った。その戸口に立っていたもう一人の男は一瞬何が起こったのか判らず、その場に立ち尽くしている。

真崎が椅子から立ち上がった。

天野も何事かとそちらを見た。

「天野さん。待たせたな。迎えに来たよ」

勢いよく飛び込んで来てそう言ったのは比嘉隆晶だった。

天野はぽかんとした顔で比嘉を見ていた。比嘉の後ろには古丹が立っていた。彼は広いスイートルームの中に、ダークスーツの男たちを次々と投げ出した。外苑で古丹と比嘉に散々にやられた連中だった。彼らは意識は取り戻しているものの、完全に戦意を失なっていた。

だからこそ、正面玄関からこの部屋まで、何の騒動もなく上がって来られたのだった。彼らの中に今あるのは、古丹や比嘉たち四人と、社長の真崎に対する恐怖だけで、捕えられたネズミより惨めな存在だった。

比嘉、古丹、遠田、猿沢の四人は部屋の中に歩み出た。

彼らを捕えておく筈だった六人の男は壁際で小さくなっていた。

大きな音を立ててドアが閉まった。戸口に立っていた男が顔面に怒りを浮かべてそのドアを閉じたのだ。ドアはオートロックされる。

「愚か者めらが」

呟くように突っ立ったままの真崎が言った。誰に対して言ったのかは判らなかった。

「天野さん。帰るぜ」

比嘉が真崎の顔を横目で見ながら言った。真崎は何も言わない。

その比嘉が突然顔を歪めて片膝をついた。片手で脇腹をおさえている。

比嘉ですら咄嗟にはかわせないほど、その男の蹴りの一撃は素疾《すばや》かった。戸口に立っていた四人のうち一番小柄な男が、比嘉の脇腹に短い蹴りを入れたのだ。

比嘉は片膝をついたままその男を睨み付けた。

「躾《しつけ》が良くないな」

立ち上がった。

「客に対する礼儀を知らない」

言うが早いか比嘉はそのままくるりとその男に背を向けた。とたんにその男は二メートルほどふっ飛んで壁に叩き付けられた。

強烈な比嘉の後ろ回し蹴りだった。

次の男が比嘉に殴りかかろうとした。その男は静かに呼吸を吐き出して体勢を整えていた。手足の長い男だった。

短い前手突きが比嘉の顔面を捉えたように見えた。だがその突きは比嘉の鼻の数ミリ先で空を切った。比嘉は瞬きもしていない。見事な比嘉の見切りだった。

二撃目を続いて繰り出そうとしていた手足の長い男は自分の体がクレーンのような力で宙に持ち上げられるのを感じた。

古丹が後ろからその男をかかえ上げたのだ。

そのまま古丹は自分の肩越しに、その男を後方へ投げ飛ばした。手足の長い男は頭から床へ転落した。

「古丹、危い」

猿沢の声が響いた。

古丹は反射的に体の位置を変えた。冷たく光る物が宙に軌跡を描いて古丹のすぐ脇を通り過ぎて行った。

古丹は右手で左腕をおさえた。左腕から血が流れ出ていた。

見るとさきほどドアを叩き付けられて転倒した男が刃渡り十センチほどのナイフを構えて古丹を睨み付けていた。

古丹は怒りで顔面を赤く染めた。

鋭い呼吸音を咽から発して、男が、ナイフを古丹に向けて突き出した。古丹はシャツの右肩を裂かれ、そこからも血がしたたった。

ナイフはそのまま翻《ひるがえ》り、古丹の胸にも斜めに傷を作った。

壁際の六人がにわかに勢いづく気配がした。戦意を失なったファイターは、闘争を完全に他人まかせにしてしまうものだ。だが、味方の中にヒーローが出現すると、それだけで戦意というのは戻って来るのだ。比嘉はその六人をけん制していた。

古丹の目は充血し、首筋の毛が逆立ってきていた。低い唸り声が彼の咽の奥から聞こえてきた。彼は野獣としての闘争本能を全開にしたのだ。

彼は血がしたたるのも構わずに、低く身構えた。相手の男は古丹との間合いを測っていた。

突然相手はナイフを繰り出して来た。古丹が身をしなやかに翻したのはそれとほとんど同時だった。

ナイフを握っていた相手の右腕に古丹は思いっきり五本の爪を叩きつけた。相手の下腕にパックリと傷口が開いた。同時に男は右手のナイフを取り落としていた。

しかし、いつの間にか男の左手にもう一振りのナイフが握られていた。男はそのナイフを力まかせに古丹の背に突き立てた。

確かな手ごたえが男を油断させた。

背にナイフを受けながら、古丹は右腕を大きく振り男の胴を払った。

それは熊の一撃に等しかった。男は三メートルほどはじき飛ばされ、天野の目の前のテーブルをひっくり返し、さらにソファごしに転倒してから壁に脳天を激突させた。

古丹は立ち上がると、左の肩越しに右手で背に突き刺さったままのナイフをつかんだ。無造作にそれを引き抜くと、彼の背から血が流れ出た。古丹は全く気にしていない様子だった。

残った一人はその様子を見て肝をつぶしていた。

様々な修羅場を経験してきた男だけに、ナイフを突き立てられながら相手をノックアウトしてしまう男の存在など、おおよそ非現実的なものとしか思えないのだ。

男はその非現実感をぬぐい去ろうとするかのように古丹に向かって突進した。

その出足を、目に止まらぬ疾さで何かが払った。男は見事に転倒していた。比嘉の足技だった。

男は真蒼な顔で跳ね起き、そのままの勢いで、反蹬腿《はんとうたい》と呼ばれる中国拳法の足技を用いた。足の裏全体を用い、足を内側に回して蹴る技だ。

続いてその足をそのまま外側へ回す擺脚《はいきゃく》、さらに腰を切って踹脚《たんきゃく》へと、一秒足らずの間に蹴りの三連続技を発した。

さすがの比嘉も、最後の踹脚を顔面に食らった。踹脚というのは空手でいう足刀横蹴りのことだ。

目の前がかっと明るくなった次の瞬間、背景がすべて暗黒と化し、比嘉はよろよろと二、三歩後退した。鼻の奥が焦げつくような感じがしていた。

その隙をついて男は、素疾く三百六十度のターンをすると、その回転の力を利用した擺脚《はいきゃく》を比嘉の頭部を狙って繰り出して来た。

空手流に言えば外回し蹴りの高度な技だ。まともに食らったら、比嘉でもノックアウトされてしまったかもしれない。

辛うじて比嘉はその足をかわした。回転技はバランスを取るのが非常に難しい。中国拳法の男は、部屋のスペースの狭さと、ソファなどの家具の位置関係を誤算したようだ。彼は勢い余ってバランスを崩し、ガラスのテーブルに足を取られそうになった。

とたんに、比嘉の低い回し蹴りが男の脇腹に決まっていた。

続いて比嘉の足は宙に大きく内側から外側へ、さらにその逆へと弧を描いた。

中国拳法の男は、比嘉の足で往復ビンタを食う恰好になった。無防備になったその男の胸板と顎に、比嘉の二段蹴りが炸裂した。狭いスペースでも有効な膝の伸縮を生かした低いジャンプの二段蹴りだった。中国拳法の男は顎への一撃でダウンした。

その間、天野と真崎は棒立ちのまま何も言えずにいた。手練《てだれ》の四人が、あっという間に片付けられてしまったのだ。

「話は済んだんだろう」

比嘉は天野に向かって言った。故意に真崎を無視していた。

「帰ろうか」

天野は頷いてふらふらと部屋の角から歩み出て来た。騒ぎの間、いつの間《ま》にかそこへ避難していたのだ。

古丹は出血のためやや蒼い顔をしていた。「大丈夫か」と天野が声を掛けると、彼は無表情に頷いて見せた。

比嘉は隣室の六人組を鋭く一瞥した。それだけで恫喝の効果は充分だった。

「これで終わったと思わないでいただきたい」

真崎が嗄《しゃが》れた声を出した。

部屋を出て行こうとしていた五人は立ち止まって真崎の方を見た。真崎は四人の手の者が倒された事については何とも思っていなかったが、比嘉がわざと無視するような態度を取った事に対して怒りを感じていた。

彼はいつ、どんな場合でも、自分は無視されるなどということがない人物だと、自分で信じているタイプの人間だった。

当然、比嘉たち四人はそれを見越していた。

「いいや」

古丹が蒼白な顔を真崎に向けて言った。その傷口はもうふさがっていた。信じ難い程の体力だった。ただ、おびただしい出血の痛手は隠せず、それが古丹の顔に恐ろしいくらいの凄味を形造っていた。

「これで終わりにしてもらう」

古丹の言葉に真崎は冷たく反論した。

「それは許されない。少なくとも芸能界と名の付く世界でのブームはこの私がキーを握っていなければならないんだ」

「言っておくが」無口な古丹がさらに言った。

「俺たちはそんなものには興味はないんだ。浮かれ騒ぐのはあんたたちの勝手だ。世の中が浮かれる仕掛けを作るのもあんたの勝手だ。だから、俺たちも勝手にやらせてもらう」

「そんな事が許されないということを、教えてやらなければいけないな」

真崎はわずかに心の中に残っていた自信のかけらをふりしぼって言った。

「どうやってだ」比嘉が言った。

「金か？　暴力か？　人脈か？」

比嘉は笑顔を見せた。

真崎は返す言葉を失なっていた。

「俺たちはこれで帰らせてもらう。いいな」

比嘉はそう言うと、ドアに向かって歩き出した。

真崎は無言で立ち尽くしていた。

ドアのところで立ち止まると比嘉は、壁際の六人組に言った。

「部屋の中でそうとうにバタバタとやっちまった。悪いが後片付けをたのむよ」

六人組は身をすくませていた。

真崎が深呼吸をしてからゆっくりと言った。

「心配するな。ここの後始末くらいは、我々で充分だ」

比嘉たちは真崎を振り返った。真崎は苦虫をかみつぶした顔をしていた。

比嘉は、その時初めて彼独特の爽やかな笑顔を真崎に向けた。

真崎は勢いよく椅子に身を投げ出し、視線を天井に向けた。

天野と比嘉、古丹、遠田、猿沢の四人はそれっきり部屋の中を振り返りもせず、廊下へ出てエレベーターへと向かった。

# 五蘊《うん》無常

## 1

「これでしばらくは静かになるでしょう」

猿沢が久々に晴ればれとした表情で言った。

遠田も珍らしく、その顔に微笑を浮かべていた。芥川も、浮きうきとした顔をしている。

その日は、四人の演奏日で、日暮れ時には、西荻の街に人が溢れていた。

「これで終わったとも思えんのだが……」

なぜか古丹は浮かぬ顔をして言った。

「うん」と比嘉が頷く。見ると比嘉も暗い顔をしていた。

「確かに、俺たちなら、どんな手を奴らが使って来ようが切り抜けることができる。それこそ、軍隊でやって来ようが、事人間が相手なら逃げおおせるだろう。しかし……」

「しかし何だい」と芥川が尋ねる。

「正直言って、自分が何をやっているか判らなくなってきたんだ。俺たちは何のために出会ったのか……そこんところがね……」

「実は俺もそうだ。一時はこうして平和な日々が過ごせるだろうが、やがてもっと強力な手を相手が打って来る。敵が、漠然としているので余計、やっかいだ」

古丹が言った。

「そりゃそうだが、いきがかり上仕方がなかったことだろう」

芥川が言う。

「そういえば、天野さんの誘拐事件以来、元気が無いみたいだな、二人とも」

遠田が言った。

「帰りたいのではないですか。古丹さんは、大自然の中へ、比嘉さんは波の見える海岸へ」

猿沢が言った。その言葉には何の感情も込められてはいなかった。古丹と比嘉は、暗い表情のまま黙っていた。

図星だった。古丹の能力は大自然の中で初めて芽ばえ、比嘉の能力は、波の音ときらめきによって培われてきたものだ。自然の息吹きのない、波のきらめきや音のないこの東京のど真中にいて、彼ら二人は、何か耳や目に薄膜が張ったようなうっとうしさと不安感を常に感じていたのだ。

「それもいいかもしれませんね……私もそろそろ考えていたところです……」

猿沢は独りで納得して呟いた。誰にもその言葉の意味は判らない。何せ、猿沢の頭脳は、他人より、最低三つか四つは早く論理の展開をしてしまうのだ。

その時電話のベルが鳴った。電話を取った芥川の顔色がみるみる変わっていった。

「本当かい」

芥川は叫んだ。電話は天野からだった。彼は、来日したケセル・ギャラリーに挨拶に行っていた。そのケセルが、芥川の店に、四人の演奏を聴くためにやって来るという。

「ほう」

今まで隅でひっそりと坐っていて、その存在すら忘れられているのではないかと思われた木喰が声を上げた。

芥川は慌てふためき、比嘉、猿沢、遠田の三人もびっくりしていたが、古丹と木喰はさほど驚きはしないようだった。彼らは、ケセルの予言のことを天野から知らされているからだった。

古丹は、ようやくその顔になつかしげな笑いを浮かべていた。

「お坊さん。これで一段落するような気がするね」

何の気なしに、古丹はぽつりとそう言った。しかし、その言葉は意外に木喰には大きく響いたらしい。木喰は何度も頷いていた。

ケセルは、西荻のこの小さなライブハウスで、かつての札幌公演の時と全く同質の客の雰囲気を感じていた。

隣りでは天野が紅潮した顔で坐っている。ふとケセルは、四人のプレイヤーの傍に立っている木喰に気づいて、天野に尋ねた。

「彼は何者ですか」

天野は、一瞬考えてから答えた。

「あの四人を日本全国から探し出して来た仏教の僧侶です。実は、我々も、それだけしか知らないのですが……」

ケセルは頷いた。頷きつつ木喰を見つめていた。

やがて四人がステージに姿を現した。

ケセル・ギャラリーが居るからといって、緊張したり上がったりする彼らではない。元気がなさそうに見えた古丹や比嘉も、一旦ステージに立てば、人が変わったように、迫力を周りにまき散らしている。

ケセルは、彼らがステージに立っただけで目を丸くしていた。

比嘉がハイハットを踏み鳴らしながら、三人の準備を待つ。遠田と猿沢がもう一度チューニングの具合を見る。

準備ができた。遠田と猿沢が比嘉に頷く。比嘉は古丹に目で合図する。

比嘉がスティックを躍らせ、タムタムを短く連打する。

次の瞬間に、猛烈な音の固まりが客席を急襲した。

全員、瞬時のうちに炎の固まりと化す。大自然を謳い、人々をノスタルジアに誘い込むような力強く叙情的な古丹のピアノは、最高潮時には、平均律の枠をはみ出し微妙にピッチが変化して独特の雰囲気を作った。

猿沢のサックスは、人々の期待のフレーズをすべて先に読み、巧みにそれをかわすというスリリングなソロを、全く淀《よど》みなく取り続けた。

遠田のベースソロは、完全に曇りのない澄み切った音で、不可思議な世界を、店の中に作り上げていった。

比嘉は、まるで大波小波が交叉《こうさ》するように、様々なパターンを自在に駆使していた。手足が本当に二本ずつしかないのか、と疑いたくなるような見事な複合《ポリ》リズムのソロだった。

その四人がある時は、炎が噴き上がるようなフリーフォームに突入してゆく。

ケセルは、四人の演奏が絶頂に達する時点で、完全に我を忘れたようだった。放心したような顔で口をあけ、ステージを食い入るように見つめていた。

やがて、比嘉がスティックを翻してタムタムを連打。四人一斉に一呼吸置いてから、最後を締めくくった。

わっと沸《わ》きたつ客席。その中でケセルは、天野に向かって叫んでいた。

「ザッツトゥルー。ザッツトゥルー」

古丹が客席にやって来た。ケセルの前に立つ。ケセルは、手を差し出す。古丹はその手を握った。比嘉、遠田、猿沢もやって来て握手を交す。

周りの客は大騒ぎだ。天野はその光景を見て、心の底から笑いがこみ上げて来るのを感じていた。

2

天野はケセル・ギャラリーをホテルまで送って行った。客の帰った店の中で、演奏の後片付けが始まる。

古丹は、木喰がいないのに気づいた。

「芥川さん。お坊さんは？」

そう尋ねられた芥川は、なぜか淋しげな顔で古丹を見た。

「どうしたんです」

古丹が言うと、芥川は懐紙《かいし》に墨で何か書かれているものを黙って差し出した。

皆が、それを見に近寄って来た。

「それを置いて行っちまったよ。演奏が終わるのも待たずにな……。また旅に出るそうだ」

芥川は言った。四人は、一瞬言葉もなく立ち尽くしていた。何か大切なものがぽっかりと欠落してしまったような空虚さを感じていた。

古丹は、墨で何かがしたためられている懐紙を手に取った。墨がしたたって四方に飛び散ったような筆跡だった。

「何て書いてあるんだ」

古丹は遠田に尋ねた。遠田は茶道の家元を継ぐ身だ。当然書に関する心得もある。

「五蘊《うん》無常」

遠田は、そう読んだ。

「どういうことだ」

比嘉が今度は、猿沢に尋ねる。猿沢は、ひどく悲しげな表情をしている。沈痛な声で説明し始めた。

「五蘊というのは、物質的存在、感覚、表象、意欲、思惟の五つのことです。ブッダはこの五つでこの世のすべての存在を表現しました。『五蘊が無常である』というのは、この世のすべての存在は無常であるということなのです」

「すべてが無常……」

遠田はそう呟いた。

「坊さんは、俺たちに何を言いたかったのだ」

比嘉が言った。そう問われても、誰も口を開こうとはしなかった。

「いや、そもそも坊さんの目的は何だったのだ。何のために、この西荻に俺たちを導いて来たのだ」

比嘉はさらに言った。皆は押し黙ったままだったが、やがて猿沢が言った。

「目的なんかなかったのかもしれない」

「道楽だったと言うのか。ただの遊びだったと言うのか」

比嘉はかみつくように言った。

「そうは言ってません。とにかく単純な結果を期待するような目的は、少なくともなかったのかもしれない」

「どういうことだ」

古丹が訊いた。

「おそらく、あのお坊さんが目的としていたことは、一般の人々の目には触れることはないでしょう。いや、我々だってそれを悟ることは不可能かもしれません。何かこう、おそろしくレベルが大きなものを、今、私は感じています」

「レベルが大きい？」

芥川が言った。

「ええ。とてつもなく大きなところで、わずかな変化が生じる。そんな気がします」

「判るような気がする」と遠田が言った。

「羅漢というのは、宇宙の意志を伝えるために人類の中にまかれた種だと言ったな。俺たちがその羅漢の血を受けたのだとしたら、知らぬうちに、その意志をこの世に知らせていたのかもしれん」

「五蘊無常か……」

古丹も言った。

「大自然を律する法則のようなものがある。それが何らかの意志のようなものであることは、俺も気づいていた」

「ひっかき回すのが坊さんの目的だったのかもしれないな」

比嘉が言った。

「麻雀のパイをかき回すように、カードをシャッフルするように、世の中をかき回すのが、俺たちの役割だったのかもしれない……」

「古丹さん」

猿沢が突然何かに気づいたように言った。

「北海道へ帰りたくはありませんか、これから」

古丹は、え、と驚いた。あとの三人もその言葉の意味を理解しかねて、目を丸くしていた。

3

ホテルのロビーで、ケセル・ギャラリーは、興奮を隠し切れず、天野に言った。

「ついに現れたのですね」

天野は、大きく頷いて見せた。

「ミスター・ギャラリー。あなたの言葉は真実だった」

「私は、確かに感じました。彼ら四人こそが、私が前に言った意志のようなものに導かれた演奏者であることを」

天野は頷いてから、ふと声を落として言った。

「ところで、これからどうなるのでしょう」

「それは、私にも判りません。ただ目立った変化は何も起こりはしないでしょう。それだけは確かです」

　少しばかり天野は驚いて言った。

「何も起こりはしないですって。これだけのブームになりながらですか」

「ええ。事実はもっと深い次元で進行しています。私には判ります」

「それは前にあなたが言われた、フィードバックという意味ですか」

　ケセルは少しばかり考えてから言った。

「そうです。そして、そのフィードバックは、ある意志の方向から逸脱しないためのものです」

　この言葉をケセルの口から聞くのは二度目だった。天野は、最初聞いた時は訳が判らなかったが、今は何となく理解できるような気がしていた。同時に、今の世がいかに即物的にできているかを感じていた。

「祇園精舎《ぎおんしょうじゃ》の鐘の声、諸行無常の響きあり」

　なぜか天野はそんな言葉を思い出していた。

「今夜はいい夜でした。今夜の演奏のことは忘れません。天野さん、私はあなたに感謝します」

　そう言ってケセル・ギャラリーは、右手を差し出した。

　握手を交し天野は、ホテルを出た。深夜の街路でタクシーを待ちながら天野は、言い知れぬ安堵感を感じていた。

「何かが動いたな」

天野はそんな呟きを洩らしていた。かつて木喰が落雷で停車した電車の中で呟いたのと全く同じ様に。

風が街路を吹き抜け、天野の髪をすいて行く。街灯や遠くの明りが星のようにまたたいている。天野は、それらを眺めながら、いつしか微笑している自分に気づいた。

## 4

「そうすることにします」

ある夜、古丹、比嘉、遠田、猿沢の四人と、天野、芥川が西荻の店に集まったのを機会に猿沢が言った。

芥川が、しばしの沈黙の後に苦々しい声で言った。

「どうしてまた四人揃って旅に出にゃならんのだ。それも北海道みたいな遠くまで……」

「古丹さんも比嘉さんも、どうやら疲れてしまっているようなんです。そろそろ自然の中へ帰してあげなければ……」

猿沢が言った。これは言い訳に過ぎなかった。古丹も、比嘉も、それ程ヤワな神経の持ち主ではない。

天野は何も言わず、視線を落としてじっと何かを見つめていた。

「それに、東京ばかりでなく、そろそろビータも始めなければ……。それには古丹さんの顔が利く北海道が一番手っ取り早いのです。北海道では大勢の古丹ファンが彼を待っているのです」

ビータというのは演奏旅行のことだが、これも言い訳だ。本当の理由は、木喰が書き残した「五蘊無常」の一言にある。その言葉は、四人を今の状況から叩き出す程の衝撃を彼らの胸に与えていたのだ。

天野は終始沈黙していた。その天野に向かって芥川が助けを求めるように言った。

「天野さん。何とか言ってくださいよ」

天野は、ようやく視線を上げ、大きく息を吸い込んでから言った。

「彼らを束縛できんことは、あんたが一番良く知っている筈じゃないか」

芥川は、悲しげな顔でうつむいた。

「それに、彼らは、今度は日本全土を旅して大活躍してくれるというんだ。その手始めとして、古丹の故郷である北海道というのは申し分ない。喜ぶべきことじゃないか」

「そりゃ、そうだけど……」

芥川は、言った。天野にまでそう言われては、彼はもう何も反論することはできない。

「お世話になりました。また、そのうちにきっとここに帰って来ます」

古丹が言った。

「ここは、俺たちの城だ。勿論戻って来るとも」

比嘉も言った。

「それでは、そろそろ我々は出発します」

猿沢が言う。それを聞いた芥川は目を丸くして言った。

「おい、もう行っちまうのかい」

「ええ、もう上野発の切符を四人分取ってあるんですよ。夜行の特急で行きます」

猿沢が言った。遠田は、何も言わずにいる。天野は、すでに諦めたように、淋しげな目で四人を見るだけだ。

「それじゃあ」

猿沢が手を差し出し、芥川、天野と握手を交した。

次に古丹が二人と握手を交す。比嘉がちぎれんばかりに、芥川と天野の手を握って上下に振る。

遠田が、冷たい表情のまま手を差し出す。

やがて四人は次々と店の出口から姿を消していった。

芥川と天野は、見送ることもできずにいた。立ち上がるのもつらいのだ。立ち上がったなら、そのまま駆け出して、四人に追いすがりそうな気がしていた。

彼らがいなくなった後、しばし沈黙していた芥川が、おろおろと言い始めた。

「おい。本当に行っちまったよ。本当に行っちまったんだ」

天野も言った。

「ああ、行っちまったな。まるで嵐が去ったみたいだ」

「呑気なこと言ってていいのかい。明日からどうすりゃいいんだよ。来月の彼らの予定を全部取り消さにゃならん」

「その予定というのが、土台彼らには無理だったんだ」

「東京のファンはどうなるんだ」

「多分、どうってことはないだろう。いつかは、どんなバンドだって解散するんだ。彼らは、解散しないだけましじゃないか」

「冗談じゃないよ、まったく……」

芥川は途方にくれていた。天野は、何か別のことを考えているように見えた。

「祭りが通り過ぎた。ただそれだけだよ」

「え」

天野がぽつりと言った言葉に芥川は思わずその顔を見た。

「ただそれだけにしても、祭りがやって来た後と来る前じゃ大違いだよなあ」

天野は独り言を言うように言った。芥川はその顔を見つめていた。

その時、店の入口から、その夜の演奏者たちがやって来た。明るい顔で芥川に挨拶をする。

「ほら、彼らがいるじゃないか」

天野は顎をしゃくって芥川に言った。芥川は、今入って来たジャズマンたちを眺め、それから天野を見た。そして、複雑な表情で微笑して言った。

「そうだったな」

ジャズマンたちは、店の従業員と立ち話をしながら、楽器の準備を始めるところだった。

5

四人は旅立って行った。彼らのことだから、どこへ行っても大反響間違いなしだ。

一方、不世出と謳われたジャズピアニスト、ケセル・ギャラリーは、四人の演奏を聴いてアメリカへ帰国すると、にわかに、レギュラーカルテットを解散してしまった。なぜ、突然カルテットを解散したか、という類のコメントは一切発表されなかった。

彼は、レギュラーカルテット解散直前に、カルテットとしての最後の録音となった一枚のアルバムを発表している。

その名は「生き残りし民のための組曲」。その名の由来を知る者も、誰ひとりとしていなかった。

# 解説　今野敏のデビュー長編復活！

西上心太

本書は一九八二年に発表された今野敏最初の長編小説『ジャズ水滸伝』の二度目の文庫化である。『超能力セッション走る！　ハイパー・サイキック・カルテット①』と改題された最初の文庫化は一九八九年のことだった。今回はシリーズ名を〈奏者水滸伝〉とあらため、シリーズ全七作を順次文庫化してゆく予定なのでお楽しみに。

それにしてもここ数年の今野敏人気の高まりには驚くべきものがある。原理原則を貫く変人警察官僚・竜崎伸也《りゅうざきしんや》警視長が登場する警察小説『隠蔽捜査《いんぺいそうさ》』によって二〇〇六年に第二十七回吉川英治文学新人賞を受賞し、すばらしい作品内容はさておき、デビュー三十年になろうかという作家に「新人」という冠はふさわしいのかと大いに話題になったものだった。『隠蔽捜査』は捜査主体の警察小説ではなく、保身のため身内の不祥事を隠蔽しようとする一派と、それに与《くみ》しない竜崎との組織内の争いを描いた企業小説的な一面を持っていた作品だった。この続編となる『果断　隠蔽捜査2』

では所轄署の署長に左遷された竜崎が、管内で起きた重大事件の現場に赴き陣頭指揮をとるなど、警察官僚らしからぬ行動を見せてくれた。一作目同様組織内の政治力学をテーマにすえながら、捜査小説としての面白さを兼ね備えていたのが高く評価されたのだろう、二〇〇八年に第二十一回山本周五郎賞と第六十一回日本推理作家協会賞を連続受賞するという偉業をなしとげた。

さらに二〇〇九年には今野敏の創作活動の柱の一つである安積《あづみ》警部補シリーズが「ハンチョウ　神南《じんなん》署安積班」という題名でテレビドラマ化（全十五話）された。好評だったためか、二〇一〇年に第二シリーズがオンエアされるらしい。

こうして文学賞の受賞やテレビドラマのヒットによって、ようやく今野敏ブームが巻き起こった。今野敏のデビューは一九七八年の第四回「問題小説」新人賞（受賞作「怪物が街にやってくる」）にさかのぼる。当時今野は上智大学在学中の二十二歳だったのだ。以来三十一年間、仕事の依頼が途切れることも執筆を休むこともなく書き続けた結果、なんと作品数は百四十作を超すという多作ぶりを見せることになる。

ところで『ジャズ水滸伝』が出版された一九八二年ごろ、「新書戦争《ノベルス》」と呼ばれた出版界の動きが始まっていたことも、今野敏の作家生活に大きな影響を与えている。一九八一年末のカドカワノベルズに続き、翌年には講談社ノベルスが創刊された。カッパ・ノベルス、トクマ・ノベルズ、ノン・ノベル、双葉ノベルスなど既存勢力に新たなレーベルが加わったのだ。そしてその中心となったのがミステリー、伝奇小説、アクション小説、ハード・バイオレンス小説といったエンターテインメント小説だったのである。毎月毎月、決められた点数を出版しなければならないため、各社ともに人気作家への依頼が引きも切らなかったのだ。

今野敏はそんな時流にも助けられ、聖拳伝説シリーズや特殊防諜班シリーズなどを精力的に発表していった。奏者水滸伝シリーズも二作目から講談社ノベルスの重要なラインナップに加わったのだ。そして今、手に入れにくくなっていた初期のころの作品が新たに文庫化され、再び日の目を見るようになった。ノベルスブームの中で書かれたとはいえ、名だたる職人作家である今野敏のこと、面白さは最近の作品と比べても遜色はないし、全く古さを感じさせることがないのである。

さて本書はジャズと超能力と拳法アクションを融合させた作品である。今野敏には『琉球空手《りゆうきゆう》、ばか一代』という爆笑自伝エッセイがある。この本の中ではその後の創作のバックボーンになる空手や茶道については言及されているが、音楽に関してはほとんど触れられていない。しかし今野少年は高校時代にジャズの洗礼を受けてのめり込んだという。先述したように大学在学中に「怪物が街にやってくる」で新人賞を受賞したが、翌年に卒業した後はレコード会社に入社して製作者として活躍した。それゆえに音楽業界やジャズに対して豊富な知識が蓄積されているのである。そしてレコード会社を退社して、専業作家となった今野敏が満を持して発表した作品が本書なのである。

ジャズ評論家の天野は、天才と呼ばれているジャズピアニストのケセル・ギャラリー（キース・ジャレットがモデルだろう）からドイツで不思議な予言を告げられる。近い将来、ジャズシーンを一変させるようなグループが日本に登場し、大きなムーブメントを巻き起こすというのだ。自分の感情をすべてオープンにしてインプロビゼイションをくり広げるケセル・ギャラリーには、「偉大な意志の働きかけ」を察知することができたというのだ。ケセルの真意をつかみきれないまま帰国した天野の前に、木喰《もくじき》と名乗る異形《いぎょう》の老僧が現れる。木喰は天野に札幌で面白いことが起きるという謎めいた言葉を残す。

老僧の言葉に従い、北海道に渡った天野は古丹神人《こたんかみと》というピアニストがいることを知る。古丹は全国的には無名だが、北海道では絶大な人気を誇っていた。古丹のコンサートに接した天野は、聴く者の心に浸み込む演奏に圧倒される。古丹と面会した天野は、古丹の元をすでに木喰が訪れ、「仲間の処《ところ》へ行け」と告げていたことを知らされる……。

こうして音楽評論家の天野と放浪の僧・木喰の行動によって、沖縄生まれのドラマー・比嘉隆晶《ひがりゅうしょう》、京都の茶道家元の跡取りでベーシストの遠田宗春《おんだそうしゅん》、東京の大学で音楽理論を教えているサックスプレーヤーの猿沢秀彦《さるさわひでひこ》という四人のプレーヤーが、「宇宙のメカニズム」に従うかのように集結し、カルテットを組んで演奏活動をはじめていく。だが音楽業界を牛耳る大立て者が、奇跡のカルテットをおのれの傘下に入れようと画策を張りめぐらせはじめるのだった。

若さあふれる気宇壮大《きうそうだい》な物語である。本書は四人が集まるまでを描き、次巻以降はひとりひとりのミュージシャンをフィーチャーしながらシリーズは進んでいく。本書を読んでしまったが最後、次巻以降を読まないで済ませられる読者は極めて稀《まれ》なのではないか。それほど熱気と面白さにあふれた作品なのである。

この小説を魅力的にしている点は三つある。まず一つ目が、後に今野敏が得意にするようになる、個性豊かなメンバーが活躍するプロフェッショナル集団ものであることだ。

ピアニストの古丹神人は身長一八〇センチ近く、胸板が厚いがっちりした体格で、しかも髪も鬚《ひげ》も伸び放題というワイルドな外観である。自然と一体になることを好み野生動物並みの本能を有している。

ドラマーの比嘉隆昌は背はそれほど高くなく肩幅も胸板も際立って逞《たくま》しくはない

が、肩から腕にかけてしなやかな筋肉が貼り着いており、全身バネのようなイメージを人に抱かせる。無類にパワフルなドラマーであり、しかも羅漢拳という拳法の達人でもある。

ほっそりとした体型のベーシストの遠田宗春は柔らかい絹糸のような髪がふんわりと顔を覆い、髪の下からは氷を思わせるような目が覗いている。氷のような印象は全身に及び、空間を支配してしまう能力を有している。

テナーサックスの猿沢秀彦は背が低く突き出た額の持ち主である。黒縁の大きな眼鏡をかけたまさに学者そのものという佇《たたず》まいである。キリマンジャロ産の豆を使ったコーヒーを飲むと、意識が研ぎ澄まされ妙な閃《ひらめ》きが頭の中をかすめ、一つの体系を自然に組み立ててしまう。まさに予知能力といっていいだろう。

この魅力的なカルテットがくり広げ、観客が熱狂する演奏描写の素晴らしさが第二の魅力である。「怪物が街にやってくる」のジャズシーンにも目を瞠《みは》るものがあったが、本書でもそれはよりパワフルに増幅して描かれている。四人が揃って初めて観客の前に出る二百三十四ページ以降の数ページに及ぶ演奏シーンの迫力はどうだ。

次の瞬間、ステージ上で何かが爆発した。少なくとも、聴衆にはそう感じられた。

客は残らず、びくりと飛び上がっていた。
それはピアノの和音と、トップシンバル、フロアタム、バスドラム、それにベースの音の砲弾だった。（中略）
客たちの想像を超えた広がりを持つ音が、狭い店の壁にぶつかり、はね返り、充満した。
（後略）

四つの楽器を自在に操る怪物たちが、ある時は対抗し、ある時は協力し合うまさにバトルといってよい熱狂的な演奏風景が、圧倒的な迫力で描写されるのだ。耳で聴いて身体で感じるしかない音楽という空気の振動を、これほど的確に熱く語った文章は稀である。少なくともわたしは、今野敏のこの文章を読んで、すばらしいライブ演奏と相対した時と同様の、いやそれ以上の興奮と感動を与えられた。一刻も早く全文を読んでいただきたいものだ。
さて第三の魅力がロードノベル的な味わいがある、メンバー集結までの過程である。北海道から沖縄まで行脚を続ける木喰は、滝沢馬琴《ばきん》の大伝奇小説『南総里見八犬伝《なんそうさとみはっけんでん》』に登場する、伏姫《ふせひめ》の身体から飛び出した八つの珠《たま》を探しに諸国を経巡《めぐ》る、大法師《ちゅだい》のイメージと重なり合う。また作者の頭には、村を守る侍を選び出す、黒澤明監督の映画『七人の侍』の序盤シーンも頭にあったかもしれない。

天野と木喰、そして四人の超人プレーヤーたちが交錯し、やがて東京西荻窪にある

ライブハウス「テイクジャム」（もちろんジャズピアニスト明田川荘之《あけたがわしょうじ》が経営するア

ケタの店がモデルだ）に集結する。いったい四人が揃ったらどんなすごいことが起きるのか。その期待と焦燥《しょうそう》を煽《あお》る筆致に誘われて、読者はページを繰る手がとめられな

くなるのである。

ジョン・コルトレーンらしき人物の臨終シーンから本書は始まる。「聖者」と称せられ高い精神性を誇ったジャズプレーヤー。彼の死によって空に放たれた「意志」が日本の地に降り注ぐ……。

音楽と伝奇風味とアクションがわかちがたく融合した出色の処女長編である。

いま再び、そのシリーズの幕が上がった。このセッションはあと六曲続く。若き作者による渾身のプレーに、一刻も早く耳を傾けようではないか。

●この作品は一九八二年二月単行本『ジャズ水滸伝』として、一九八九年二月講談社文庫『超能力セッション走る!』として、刊行されたものを再び改題したものです。

(この作品はフィクションですので、登場する人物、団体は、実在するいかなる個人、団体とも関係ありません。)

|著者| 今野 敏　1955年北海道三笠市生まれ。上智大学在学中の1978年『怪物が街にやってくる』(現在、朝日文庫より刊行)で問題小説新人賞受賞。卒業後、レコード会社勤務を経て作家となる。2006年『隠蔽捜査』(新潮社)で吉川英治文学新人賞受賞。2008年『果断　隠蔽捜査2』(新潮社)で山本周五郎賞、日本推理作家協会賞受賞。「空手道今野塾」を主宰し、空手、棒術を指導。主な著作に「ST 警視庁科学特捜班」シリーズ、「東京湾臨海署安積班」シリーズ、『膠着』(中公文庫)、『義珍の拳』(集英社)などが、また近著に『宇宙海兵隊ギガース5』『同期』(講談社)、『天網 TOKAGE2 特殊遊撃捜査隊』(朝日新聞出版)、『心霊特捜』(双葉社)、『疑心　隠蔽捜査3』(新潮社)、『武士猿』(集英社)、『凍土の密約』(文藝春秋)、『夕暴雨』(角川春樹事務所)などがある。

奏者水滸伝《そうしやすいこでん》　阿羅漢集結《あらかんしゅうけつ》

今野《こんの》 敏《びん》



2009年10月15日第1刷発行
2010年5月25日第2刷発行

発行者――鈴木　哲
発行所――株式会社　講談社
東京都文京区音羽2-12-21　〒112-8001
電話　出版部　(03) 5395-3510
　　　販売部　(03) 5395-5817
　　　業務部　(03) 5395-3615

Printed in Japan

講談社文庫

定価はカバーに
表示してあります

デザイン―菊地信義
本文データ制作―講談社プリプレス管理部
印刷―――株式会社廣済堂
製本―――株式会社千曲堂

落丁本・乱丁本は購入書店名を明記のうえ、小社業務部あてにお送りください。送料は小社負担にてお取替えします。なお、この本の内容についてのお問い合わせは文庫出版部あてにお願いいたします。

ISBN978-4-06-276479-7

# 講談社文庫刊行の辞

二十一世紀の到来を目睫に望みながら、われわれはいま、人類史上かつて例を見ない巨大な転換期をむかえようとしている。

世界も、日本も、激動の予兆に対する期待とおののきを内に蔵して、未知の時代に歩み入ろうとしている。このときにあたり、創業の人野間清治の「ナショナル・エデュケイター」への志を現代に甦らせようと意図して、われわれはここに古今の文芸作品はいうまでもなく、ひろく人文・社会・自然の諸科学から東西の名著を網羅する、新しい綜合文庫の発刊を決意した。

激動の転換期はまた断絶の時代である。われわれは戦後二十五年間の出版文化のありかたへの深い反省をこめて、この断絶の時代にあえて人間的な持続を求めようとする。いたずらに浮薄な商業主義のあだ花を追い求めることなく、長期にわたって良書に生命をあたえようとつとめるところにしか、今後の出版文化の真の繁栄はあり得ないと信じるからである。

同時にわれわれはこの綜合文庫の刊行を通じて、人文・社会・自然の諸科学が、結局人間の学にほかならないことを立証しようと願っている。かつて知識とは、「汝自身を知る」ことにつきていた。現代社会の瑣末な情報の氾濫のなかから、力強い知識の源泉を掘り起し、技術文明のただなかに、生きた人間の姿を復活させること。それこそわれわれの切なる希求である。

われわれは権威に盲従せず、俗流に媚びることなく、渾然一体となって日本の「草の根」をかたちづくる若く新しい世代の人々に、心をこめてこの新しい綜合文庫をおくり届けたい。それは知識の泉であるとともに感受性のふるさとであり、もっとも有機的に組織され、社会に開かれた万人のための大学をめざしている。大方の支援と協力を衷心より切望してやまない。

一九七一年七月

野間省一

小杉健治　母《はは》子《こ》草《ぐさ》〈どぶ板文吾義侠伝〉
小杉健治　つぐない〈どぶ板文吾義侠伝〉
小杉健治　闇《やみ》鳥《とり》〈どぶ板文吾義侠伝〉
後藤正治　奪われぬもの
後藤正治　牙〈江夏豊とその時代〉
小嵐九八郎　蜂起には至らず〈新左翼死人列伝〉
小嵐九八郎　真《ま》幸《さき》くあらば
幸田　文　崩れ
幸田　文　台所のおと
幸田　文　季節のかたみ
幸田　文　月の塵
小池真理子　記憶の隠れ家
小池真理子　美神《ミューズ》
小池真理子　冬の伽藍
小池真理子　映画は恋の教科書《テキスト》
小池真理子　恋愛映画館
小池真理子　ノスタルジア
小池真理子　夏の吐息
小池真理子　秘密〈小池真理子対談集〉

幸田真音　小説ヘッジファンド
幸田真音　マネー・ハッキング
幸田真音　日本国債(上)(下)〈改訂最新版〉
幸田真音　eの悲劇〈IT革命の光と影〉
幸田真音　凛《りん》冽《れつ》の宙《そら》
幸田真音　コイン・トス
小森健太朗　ネヌウェンラーの密室
五味太郎　大人問題
五味太郎　さらに・大人問題
鴻上尚史　あなたの魅力を演出するちょっとしたヒント
小林紀晴　アジアロード
小泉武夫　地球を肴に飲む男
小泉武夫　納豆の快楽
小泉武夫　小泉教授が選ぶ「食の世界遺産」日本編
五條　瑛　熱氷
五條　瑛　上陸
近藤史人　藤田嗣治「異邦人」の生涯
古閑万希子　美しい人〈9 Lives〉
古閑万希子　ユア・マイ・サンシャイン

小前　亮　李《り》世《せい》民《みん》
小前　亮　趙《ちょう》匡《きょう》胤《いん》〈宋の太祖〉
香月日輪　妖怪アパートの幽雅な日常①
香月日輪　妖怪アパートの幽雅な日常②
香月日輪　妖怪アパートの幽雅な日常③
近衛龍春　直江山城守兼続(上)(下)
小山薫堂　フィルム
小林　篤　足利事件〈冤罪を証明した一冊のこの本〉
早乙女貢　沖田総司(上)(下)
早乙女貢　会津啾々記〈脱走人別帳〉
佐藤愛子　戦いすんで日が暮れて
佐木隆三　復讐するは我にあり(上)(下)
佐木隆三　成就者たち
佐木隆三　慟哭〈小説・林郁夫裁判〉
澤地久枝　時のほとりで
澤地久枝　私のかかげる小さな旗
澤地久枝　道づれは好奇心
沢田サタ編　泥まみれの死〈沢田教一ベトナム戦争写真集〉
佐高　信　日本官僚白書

佐高　信　逆命利君
佐高　信　孤高を恐れず〈石橋湛山の志〉
佐高　信　官僚たちの志と死
佐高　信　官僚国家＝日本を斬る
佐高　信　石原莞爾　その虚飾
佐高　信　日本の権力人脈《パワー・ライン》
佐高　信　わたしを変えた百冊の本
佐高　信　佐高信の新・筆刀両断
佐高　信　佐高信の毒言毒語
佐高　信　田原総一朗とメディアの罪
佐高信編　男の美学〈ビジネスマンの生き方20選〉
佐高　信／宮本政於　官僚に告ぐ！
さだまさし　日本が聞こえる
さだまさし　いつも君の味方
さだまさし　遙かなるクリスマス
佐藤雅美　影帳　半次捕物控
佐藤雅美　揚羽の蝶(上)(下)〈半次捕物控〉
佐藤雅美　命みょうが〈半次捕物控〉
佐藤雅美　疑惑〈半次捕物控〉

佐藤雅美　恵比寿屋喜兵衛手控え
佐藤雅美　無法者《アウトロー》
佐藤雅美　物書同心居眠り紋蔵
佐藤雅美　隼小僧異聞〈物書同心居眠り紋蔵〉
佐藤雅美　密約〈物書同心居眠り紋蔵〉
佐藤雅美　お尋者〈物書同心居眠り紋蔵〉
佐藤雅美　老博奕打ち〈物書同心居眠り紋蔵〉
佐藤雅美　四両二分の女〈物書同心居眠り紋蔵〉
佐藤雅美　開国〈愚直の宰相・堀田正睦〉
佐藤雅美　手跡指南神山慎吾
佐藤雅美　樓岸《ろうのきし》夢一定《ゆめいちじょう》〈蜂須賀小六〉
佐藤雅美　啓順凶状旅
佐藤雅美　啓順地獄旅
佐藤雅美　啓順純情旅
佐藤雅美　百助嘘八百物語
佐藤雅美　お白洲無情
佐藤雅美　江戸繁昌記〈寺門静軒無聊伝〉
佐藤雅美　白い息〈物書同心居眠り紋蔵〉
佐藤雅美　青雲遙かに〈大内俊助の生涯〉

佐藤雅美　泣く子と小三郎〈半次捕物控〉
佐藤雅美　向井帯刀の発心〈物書同心居眠り紋蔵〉
佐々木譲　屈折率
柴門ふみ　マイ リトル NEWS
佐江衆一　神州魔風伝
佐江衆一　江戸は廻灯籠
佐江衆一　リンゴの唄、僕らの出発
佐江衆一　江戸の商魂
佐江衆一　士魂商才〈五代友厚〉
酒井順子　結婚疲労宴
酒井順子　ホメるが勝ち！
酒井順子　少子
酒井順子　負け犬の遠吠え
酒井順子　その人、独身？
佐野洋子　嘘ばっか〈新釈・世界おとぎ話〉
佐野洋子　猫ばっか
佐野洋子　コッコロから
佐川芳枝　寿司屋のかみさん うまいもの暦
桜木もえ　純情ナースの忘れられない話

## 講談社文庫　目録

佐藤賢一　二人のガスコン(上)(中)(下)
佐藤賢一　ジャンヌ・ダルクまたはロメ
笹生陽子　ぼくらのサイテーの夏
笹生陽子　きのう、火星に行った。
笹生陽子　バラ色の怪物
佐伯泰英　変化《へんげ》〈交代寄合伊那衆異聞〉
佐伯泰英　雷鳴〈交代寄合伊那衆異聞〉
佐伯泰英　風雲〈交代寄合伊那衆異聞〉
佐伯泰英　邪宗〈交代寄合伊那衆異聞〉
佐伯泰英　阿片〈交代寄合伊那衆異聞〉
佐伯泰英　攘夷〈交代寄合伊那衆異聞〉
佐伯泰英　上海〈交代寄合伊那衆異聞〉
佐伯泰英　黙《もっ》契《けい》〈交代寄合伊那衆異聞〉
佐伯泰英　御《お》暇《いとま》〈交代寄合伊那衆異聞〉
佐伯泰英　難航〈交代寄合伊那衆異聞〉
佐伯泰英　海戦〈交代寄合伊那衆異聞〉
沢木耕太郎　一号線を北上せよ〈ヴェトナム街道編〉
坂元　純　ぼくのフェラーリ
里見　蘭／三田紀房／原作　小説 ドラゴン桜〈カリスマ教師集結篇〉

里見　蘭／三田紀房／原作　小説 ドラゴン桜〈挑戦！ 東大模試篇〉
佐藤友哉　フリッカー式〈鏡公彦にうってつけの殺人〉
佐藤友哉　エナメルを塗った魂の比重〈鏡稜子ときせかえ密室〉
佐藤友哉　水没ピアノ〈鏡創士がひきもどす犯罪〉
佐藤友哉　クリスマス・テロル〈invisible×inventor〉
桜井亜美　チェルシー
桜井亜美　Frozen《フローズン》 Ecstasy《エクスタシー》 Shake《シェイク》
サンプラザ中野　〈小説〉大きな玉ネギの下で
櫻田大造　「優」をあげたくなる答案・レポートの作成術
桜井潮実　「うちの子は『算数』ができない」と思う前に読む本
佐川光晴　縮んだ愛
沢村　凜　カタブツ
沢村　凜　あやまち
佐野眞一　誰も書けなかった石原慎太郎
佐藤多佳子　一瞬の風になれ 第一部／第二部／第三部
笹本稜平　駐在刑事
佐藤亜紀　鏡の影
佐藤千歳　インターネットと中国共産党〈「人民網」体験記〉
samo　きみにあいたい〈あかりが生きた239日、そして12時間〉

司馬遼太郎　新装版 播磨灘物語 全四冊
司馬遼太郎　新装版 箱根の坂(上)(中)(下)
司馬遼太郎　新装版 アームストロング砲
司馬遼太郎　新装版 歳月(上)(下)
司馬遼太郎　新装版 おれは権現
司馬遼太郎　新装版 大坂侍
司馬遼太郎　新装版 北斗の人(上)(下)
司馬遼太郎　新装版 軍師二人
司馬遼太郎　新装版 真説宮本武蔵
司馬遼太郎　新装版 戦雲の夢
司馬遼太郎　新装版 最後の伊賀者
司馬遼太郎　新装版 俄(上)(下)
司馬遼太郎　新装版 尻啖え孫市(上)(下)
司馬遼太郎　新装版 王城の護衛者
司馬遼太郎　新装版 妖怪(上)(下)
司馬遼太郎　新装版 風の武士(上)(下)
司馬遼太郎／海音寺潮五郎　新装版 日本歴史を点検する
司馬遼太郎／井上ひさし　新装版 国家・宗教・日本人
司馬遼太郎／陳舜臣／金達寿　新装版 歴史の交差路にて〈日本・中国・朝鮮〉

2010年3月15日現在